潘热作品选集 3

[法]罗贝尔·潘热 著

梦 先 生

车槿山　译

湖南文艺出版社

图书在版编目（CIP）数据

梦先生/（法）罗贝尔·潘热著；车槿山译. —长沙：湖南文艺出版社，2024.3
（潘热作品选集；3）
ISBN 978-7-5404-7465-2

Ⅰ.①梦… Ⅱ.①罗… ②车… Ⅲ.①长篇小说-法国-现代 Ⅳ.①I565.45

中国版本图书馆 CIP 数据核字（2016）第 020407 号

著作权合同图字：18-2023-204

潘热作品选集 3

梦先生

MENG XIANSHENG

著　　者：[法]罗贝尔·潘热
译　　者：车槿山
出 版 人：陈新文　　　责任编辑：唐　明　张　璐
特约编辑：陈美洁　　　装帧设计：CANTONBON
出版发行：湖南文艺出版社
印　　刷：长沙超峰印刷有限公司
经　　销：新华书店
开　　本：787 mm×1092 mm　1/32
印　　张：4.25
字　　数：68 千字
版　　次：2024 年 3 月第 1 版
印　　次：2024 年 3 月第 1 次印刷
书　　号：ISBN 978-7-5404-7465-2
定　　价：26.00 元
（如有印装质量问题，请与本社出版科 0731-85983015 联系调换）

梦先生

ROBERT PINGET

MONSIEUR SONGE

前　言

　　在大约二十年中，作为消遣，我在工作之余写下了梦先生的故事。现在结集成册，我再说一遍，这是一种消遣。

罗贝尔·潘热

退休者

我可能睡着了。

梦先生

一

　　梦先生坐在阳台上晒太阳。这是个退休的
男人。他和一个女仆住在海边的一栋别墅里，
离阿伽帕不远。阿伽帕是一个很小的海水浴
场，夏天到处都是人，冬天十分无聊。

　　梦先生面前的桌子上有一只空咖啡杯和一
张地方报纸，他没读报纸，但报纸能使他保持
一种面对自身的姿态。在他这个年龄，已经用
了一生的时间来留意自己最小的爱好，来辩解
或指责自己最小的反应，所以无法再随意生活
了。头脑中形成的一定数目的姿势应该能够反
映一个体面人的精神状况，他的良知。早晨十
点坐在海边而没有一张报纸可不行。梦先生没
有可以窥伺他的左邻右舍，但问题不在这儿。
很久之前他就不需要任何人告诉他怎样做了。

　　知道为什么他不读报是一个问题，但不大
重要。也许是疲倦。也许是懒惰。也许是自私。

　　别墅俯瞰着大海。它建在一个坡度平缓的

5

山丘上。底层有四间房，两间朝海，第三间和厨房朝着北面的花园。楼上是三间卧室和浴室。女仆的卧室朝北，主人的卧室和无人住的第三间房都各带有一个阳台，可以看见海。

梦先生正在看远处一只缓缓移动的小船。他可以看清船上站着两个人。他们大概是放网的渔夫，尽管现在已经是上午很晚的时候了。但在冬天他们的工作节奏也许不一样。在右边，海岸形成了海湾。带有一个可爱的岬角，大约有三公里远，但距离很难估计，岬角上竖着一个灯塔，灯塔下是一小片松树林。左边有一个红岩海岛。那两个渔夫操纵着小船向海岛靠近。阳光很强，观察者把手放在眼睛上，想看得更清楚，但毫无效果，因为大海在闪闪发光。船在小岛后面消失了。梦先生等着它从岛的另一边重新出现，这时他的女仆在花园里喊他。他从阳台上弯下身来。她对他喊道，邮递员有一个挂号邮件。

二

女仆觉得每天上楼超过两次太累了，她在早上八点左右喝完自己的咖啡就要上去给先生端他的咖啡，然后除尘，晚上要上去睡觉。她甚至想睡在楼下饭厅里的长沙发上，饭厅挨着厨房，但她的主人不同意。从没见过女仆睡在饭厅里的。而且这样就必须把饭厅里的一些家具搬到客厅里，把客厅里的一些家具搬到吸烟室里，吸烟室里就转不开了。女仆还想过拿吸烟室当自己的卧室，但梦先生对此也同样毫不含糊。这个房间是他用来接待不速之客的，客厅是留给其他人的。再说也从没见过女仆睡在吸烟室里的。她说她上楼会中风的，假如她命该如此。不过她每天只上一次楼打扫房间，中风的可能性就会小一些吗？命与这种计算无关。

他对女仆说他下来了。他回到卧室，从床头柜上拿了一支圆珠笔在收据上签字，然后来到楼下。邮递员在外面的台阶上等他。梦先生让他进了厨房，要女仆给他倒了一杯酒，这是给送挂号邮件的邮递员的待遇。女仆服从了命令，收件人签了字，邮递员把一个小邮包放在饭桌上，喝完酒就走了。

于是梦先生问女仆，您为什么不到走廊里叫我而到窗户下大喊，我跟您说过一百遍了，我不喜欢这种方式。她回答说，我正在花园里浇石榴树，这样做更方便而且不太累。不太累，不太累，主人不高兴地重复说，我们来看看。

他从落地窗里走出厨房，数着步子走到石榴树下。二十步！他喊道。然后又从石榴树走到他的窗下。二十五步！他回到女仆那儿。到我的窗下要多走五步，因此您走了二十五步加二十五步，共五十步，还要再走二十步回到厨房，这样就是七十步了，您本来可以走二十步来这儿叫我，再走二十步回去把水浇完，共四十步，再走二十步回来，这样就是六十步，您看，还是我有理。女仆说，但让我难受的不是多少步，而是这三级台阶，要是先生想算一下，那么我要上六级台阶，还要再下三级。然后您还要再下三级，再上三级，因为您把水壶落在那儿了，梦先生气愤地说。他拿上邮包走出了厨房。

三

花园很美。大路边上有一扇门将它关住。一条小路从右边弯向山丘脚下。山丘长满含羞草。然后往上通到这所房子，房子周围是一片平地，平地周围是龙舌兰和夹竹桃。靠海的那边有一道台阶向下通往一片微型海滩，梦先生每天都要来这里打扫并且细心耙平。在风大浪大的日子里，海水带来一些碎木片和死海藻，有时还有一些天晓得从哪儿来的塑料制品。梦先生厌恶一切造成混乱的东西。他尤其对这些东西感到气愤，空瓶子、包装袋和各种乱七八糟的器皿，这些东西没用了，也不沉没，或者至少不会腐烂。他说世界很快就会被这些垃圾盖满了，他把这些东西藏在一个岩洞里，准备以后烧掉。

耙完海滩后，他就坐到一个水泥凳子上，它建在比海滩略高一点的地方，被一棵无花果树遮住。他一边抽烟，一边不停地说无花果、无花果，怎么会想到种无花果，因为一方面他是在自言自语，另一方面他不喜欢无花果。然而这棵树在夏天的大部分时间里都挂满了果实，成熟后可以采摘两次。不过谁都没有从中得益，因为女仆也不喜欢这玩意儿，要是有个小孩儿来大吃一通就好了。无花果落到地上干了。这造成了混乱。梦先生弯腰捡起他能捡起来的干果，把它们扔到那个放塑料制品的岩洞里。

然后他回到平地上，在一张铁桌前坐下来。他说，我觉得我感冒了。于是他披上一件女仆拿来放在椅子上的毛线外衣，再翻开一本也是她拿来的书。这是维吉尔的作品，是一个很漂亮的版本，有原文和译文的对照。梦先生读这本书不比读报纸多。他从外衣口袋里掏出一捆发票，仔细地研究到午饭时间。

接下来是女仆敲钟的喜剧。梦先生刚到别

墅时，见到这个吊在厨房门上方的钟，就说我们以后吃饭时敲钟吧。他在女仆听不见时又对自己补充说，午饭钟是我的整个童年，我们要让它尽可能长时间地再现。他是否这样随意找回了童年则是另一个问题。也许是转瞬即逝几乎相同的复制品，但它已经失去了所有的纯真。他弄错了，这对他更好。

现在是十二点半了，梦先生站起来，向房子走去。他经过厨房，问女仆午饭有什么。她回答，能有什么，先生让我做的是肉片和苹果泥，所以吃肉片和苹果泥。她的回答并非永远相同，因为每天的菜单都略有变化，但她每天都要重复能有什么，她希望自己的口气咄咄逼人，但现在不是这样了，时间使得这种套话和这种意愿都变弱了。她可以顺从地回答不用重复这句话，但习惯成自然了。

梦先生搓了搓手，然后在洗碗池洗了手，然后用擦玻璃杯的抹布把手擦干。女仆在开始时抗议这种做法，但现在不了。梦先生走到饭厅里。女仆来服侍他吃饭了。

四

厨房和饭厅之间有一个递菜窗口，不论什

么菜，女仆都要用这个窗口传递，哪怕是晚上的煮鸡蛋。梦先生对此并不感到讨厌，他是个多愁善感的人，看到这种做法又想起了他的童年，或他的少年，或天晓得的什么东西。甚至可能是他要求使用这个递菜窗口的，但溯源也许要花很长时间。总之，女仆表面上毫不勉强就这么做了，与人们的断言相反，只有表面才值得信赖。

　　梦先生坐到桌前，把餐巾打开放在膝盖上。他给自己倒了一杯酒。他身后的递菜窗口开了，肉片和苹果泥一起放在了那儿。窗口又关上了。厨房门开了，女仆进来。她把肉片和苹果泥放在一个托盘上，然后端到主人面前。这时他说，您确定火候正好吗？女仆回答，先生马上就知道了，口气和她说能有什么相似。然后她就离开了。他从托盘里叉起肉片放到自己的盘子里。他把肉片切成小块儿时显出一种怀疑的神情。为了这么做，他戴上了眼镜，然后又把眼镜摘下来放在一边，吃了第一口。从此时开始，或者因为肉片总是相同的味道和硬度，或者因为这个食客并不太在意吃的东西，只是为了在女仆面前伪装出美食家或怪人的样子和品位，或者因为某种烦恼缠住了他，让他忘记了正在干的事情，总之他嚼着食物，眼睛茫然凝视着前方。有时他甚至看都不看就在盘

11

子里乱叉一气。他的眼睛被远处的某个东西吸引住了，不时地闪闪发亮。那是一只小船。梦先生从椅子上半站起来，观察了一会儿，然后高声说东风或西风，甚至北风，然后又重新坐到椅子上，陷入沉思。

梦先生操心的是什么呢？

五

然后他摇响铃铛接着递菜窗口开了，奶酪和水果放在了上面。女仆回来，端走了剩菜，把奶酪摆在主人面前，如果是卡芒贝尔奶酪他就问好不好，如果是格律耶尔奶酪他就问肥不肥，如果是蓝纹奶酪他就问是不是布雷斯产的。女仆说是的，她放下水果就走开了。这时他又带着刚才那种沉思的神态吃起奶酪，再吃一个水果。如果是一个苹果，他就用餐刀削皮，让苹果在左手上旋转，最后就会有一条连在一起的果皮落入盘子。然后他从纵轴方向把苹果切成四块，从每一块上剔除他所说的含有果籽的果核。

如果是一个橙子，他就一边让它从上往下旋转，一边用餐刀在果皮上从上往下划出一条环形线，然后再划出与第一条线成直角的第二条线，这样橙子皮就被分成了四块，很容易用指头剥下来。接着他就一瓣儿一瓣儿地吃橙子，把籽吐在右手上，再把它们丢到盘子里。

如果是一个香蕉，他就像所有人一样剥皮，然后在盘子里把它切成片状，撒上大量的糖。因此在吃香蕉的季节里，他面前摆着糖。女仆听到最后的铃声回来时，她说先生浪费糖了。她收拾完桌子，把咖啡放到窗前的摩洛哥式独脚圆桌上。梦先生折好餐巾，坐到圆桌旁的大皮椅上。

梦先生一坐到椅子上就给自己倒了一杯咖啡。他或者喝热咖啡，或者把咖啡放凉，这取决于他当时的情绪，这种情绪一部分受到消化的影响，一部分受到他头脑中那些思绪的影响，一部分受到天气的影响。在第一种情况下，他有时会再倒一杯咖啡，因为咖啡壶里有两杯。在第二种情况下，他有时会在等咖啡变凉的时候睡一会儿。此时他会睡上半个钟头，醒来时说我可能睡着了，然后拿起杯子，吞掉冷咖啡。要是他没有睡觉，他就会给自己再倒一杯他可以马上喝掉的温咖啡，或者继续沉思，或者再从口袋里掏出那捆发票。在第一种情况下，即在喝热咖啡还是把它放凉这种最初抉择的第二种决定中产生的是否睡觉这种抉择的第二种决定的第一种次情况下，梦先生喝完他的第二杯咖啡，然后站起来一边围着桌子转圈一边思考。在第二种情况下，即在相同的第二种决定的第二种次情况下，他呆坐着，眼睛先是茫然凝视前方，然后转向大海，有时会有一只小船吸引他的注意力，偶尔和他在吃饭时看到的在海湾里移动的那只船是同一只。此时他就会说有人的日子过得真平静。但也可能是另一只船引起他相同的思考。或者是完全不同的其他东西，比如树枝的摇动、光线的变化，通常使他沉默不语。要是没有任何东西吸引他的注意力，他就会让目光再次凝视前方，做下面两件事情中的一件：或者睡觉，或者从口袋里掏出那捆发票。在第一种情况下，即在源于是否睡觉这种抉择的第二种决定所包含的三种次情况中的第二种决定产生的注意力是否受到吸引这种次抉择的第二种情况中的次次抉择的第一种情况下，他就会睡上半个钟头，醒来时说我可能睡着了，然后站起来围着桌子转圈。在第二种情况下——这种情况与源于是否睡觉这种抉择的第二种决定的第三种次情况十分相像，很容易弄错，区别仅仅在于做出选择之前的时间更长，他仔细地核对这些发票，停留在其中的一张或另一张上。有时他就会从口袋里拿出一支圆珠笔，这支笔是他因为某种缘故而放在那里的，比如为了签收邮递员的挂号邮件，或者从餐具柜中间的抽屉里拿了一支。他给发票加注，然后站起来围着桌子转圈。在不加注的情况下，他就睡觉。此时他就会睡上半个钟头，醒来时说我可能睡着了，然后站起来围着桌子转圈。

在他把咖啡放凉而没有睡觉并且再次从口袋里掏出那捆发票的情况下，他的表现和刚才讲述的相同。

只剩下最初那种情况中的第二种决定了，即梦先生喝完他的热咖啡而没有再倒一杯。但这与他再倒一杯的情况并没有多大差别。在这两种情况下，接着发生的都是核对发票和围着桌子转圈。

六

梦先生在一边转圈一边思考之后就回到花园，这里如果没有刮风，在阳光下就还要热上几个小时。他在台阶上停留了一会儿，凝视着大海说，说这个地方是天堂，真是一句废话。他整天都在重复这句话，似乎是想说服自己相信这句他不相信的话。不论谁和他在一起都会有这种印象，这与这个人物的通常态度并不矛盾，他总是按照礼仪行事的。一个富裕的退休者住在南方，这就是他所做的。对他来说这并不必然是由快乐引发的。

梦先生坐到铁桌前，那里仍然放着维吉尔的书，他又从口袋里拿出那些发票。如果他在喝咖啡或喝完咖啡的时候没有睡觉，他此时就有可能睡觉。这种事的发生是很自然的。要么给发票加注，要么不加注，他在核对了一会儿发票之后，头就会突然向前落下去。他重新抬起头，看看周围，这是公务员的老习惯，他知道自己受到监视。他重新开始核对或加注，但他的头又落下去了。如今梦先生已经退休了，没人再监视他了，因此他让疲倦征服了自己，打消了最后的一点顾虑，趴在桌子上，在自己的胳膊弯里，沉入美妙的睡眠。他有时就这样睡上半个钟头。然后他醒来时就会说瞧这姿势。他重新拿起发票看一会儿，或者站起来围着花园转圈，但什么也没看见。

梦先生操心的是什么呢？

如果有可能在这里悄悄塞上潜入梦先生过去的文字，让这个人物引起追溯既往的兴趣，那早就已经这样做了。但这是不可能的，而且也无法说出原因。人们看到的动作和听见的语句应该足以让人联想到一出戏，如果真有这出戏的话。

16

八 月

为了走出一个
绝境，必须走进另
一个绝境。

梦先生

一

存在中实现转变的时刻来了。停顿。排除大方法依赖小方法放弃总体的理论和目的。停顿。远方必不可少的通信者证实了心灵状态节省的表述。停顿。祈求灵感照例要求相似的情况。完成。

八月。酷暑。梦先生感到不安和焦虑，他相信这是炎热的天气引起的。他为了振作起来，专心致志地做园艺或其他活儿。

他的外甥女与他疏远了，她曾经是他的知心朋友。没有人知道为什么他们之间突然产生了这样的距离。但他因此找到了他期待中的通信者。

梦先生写道，重要的是目前这个时刻。至今没有被人了解。青年投身未来，老年投身过去，现在是一段过渡的时间。尽量延长或取消这个时刻，都是回到原地。

他补充写道，为了达到目的需要极其谨慎。这意味着无视形式的完美，尽管人们比过去任何时候都更深地陷入艺术。以后工作时再解释动机。或者不解释，这样更好。

因为梦先生是诗人。他不滥用代词"我"，家庭照片上他那张惨白的脸只能唤起他微薄的自信。

二

菜园干了。

梦先生一边给胡萝卜浇水，一边说，我不喜欢浇水，我讨厌胡萝卜，这再清楚不过了。

女仆对此回答，您想改变自己是白费力，您还是个怪人。

她补充说，真奇怪，您对词句的喜欢让你讨厌起人来。

梦先生思考了很长时间，但仍不知道应该怎样看待索斯的这一意见。索斯是他给女仆起的名。

他把胡萝卜弄湿后就到豌豆田里去了。

他问自己应该什么时候回答他想到的问题，但没能找到答案，因为他担心太匆忙了。

像他一样避免匆忙。出现的问题不应该借

由常识来回答，而应该随着写作自然而然地回答。大家都知道，这种词藻是轻浮的。

重复词藻。令人鼓舞的显著之事。

因为梦先生是诗人，他在写作。

三

梦先生写道，我忍受不了酷暑带给我的不适，我一直认为它是焦虑的原因，我所说的焦虑完全没有形而上的，老实说只是身体上的。在时间上更精确地说，疼痛在下午降临到我身上。在其他方面更精确地说，全年的每个下午都是如此，但天气炎热时更厉害。

他补充写道，在这样的时候，他需要做出反应，但也正是在这样的时候，他才反常地相对确定自己存在的理由。换句话说，占据主导地位的不是慌乱。这种感受不是来源于我强迫自己做的那些小工作，不是。这种感受大概是通过某种缺陷才能显现。他之所以相对确定，是因为他觉得自己最好的文字是在这样的时候写出的，或者是在此后不久写出的。

他把他的笔记本上记载的这些小习作称为自己的存在理由。

四

亲爱的外甥女：

你舅舅在度假。他有千千万万的活儿要干，但他什么也不干。你要是知道现在大海有多美就好了，全是快速行进的帆船，很早就起风了。多亏旅游业的发展，我对面的克拉松旧镇没过去那么脏了，你想想看，阳台上甚至有了天竺葵。昨天我路过阿伽帕，这个城市变大了，我几乎认不出来了，他们修建了一个游艇码头和一条长长的林荫步道。丰托内市的尚兹神父已经退休很长时间了，但他一直住在那里，应该有一百岁了。米亚伊小姐也在那里，完全干瘪了。她曾经是多优秀的音乐家！你还记得吗？其他人全进了坟墓，我也快了，这么说毫无苦涩。没有什么比这个地方更能唤起死亡真正的滋味。我记得以前我们想到离别就一起痛哭！孩子气。你要好好用防皱霜保养你的脸，我不想看到你的皱纹。不过感谢上帝，你还没有皱纹。我吻你，爱你。

五

沿着海岸线行驶的火车，轰鸣声回响整个海湾。火车站和它的三棵棕榈树。

火车进入山谷，丰托内的钟楼，火车站和它的三棵花楸树。

蓝莓树对你们露出蓝色的牙齿。

梦先生天生就爱沉思。他不是颠倒形象，就是混淆形象，这取决于他睁开的是哪双眼睛，外面的还是里面的。因此他所熟悉的风景就不太真实了。

一幅非常流动的水彩画，让人产生记忆的幻觉。

目前这个时刻。

六

外甥女乘十一点三十分的快车来了，她远远看见她舅舅正在给菜园浇水。她想，只要他一浇水很快就要下雨了。但她在过去和他打招呼之前先进了厨房，索斯正在做饭。

我做了一个香辛兔肉，小姐会喜欢的，索

斯说。

外甥女走近锅，揭起锅盖说，嗯——多香的味道。

然后她去和舅舅打招呼。

他问她想在外面吃午饭还是在里面吃。

她回答，我想我们从外面开始，到里面结束，天气正在变坏。

他反驳，这需要把桌子放到外面的平台上，而且饭厅也要准备好接待我们，你让索斯整理一下吧。

她说我自己干吧。

他说，你一有机会就撇下我，你再也不跟我谈你自己了。

她说，但我向你保证，我没有什么可谈的，没有什么事情发生在我身上，我属于命运不屑一顾的那种人。

他说，啊，这又是什么新想法？

她说，我们别吵嘴了，我去叫女仆布置饭厅，然后我去把桌子放到平台上。

七

那天，在家庭照片上，梦先生的脸是惨白的，他的外甥女正在用放大镜看这张照片。舅舅的面孔多怪呀，我似乎很像他，但我看不出是哪里像。

她拿着相册走向正在收拾桌子的女仆，她指着照片问自己像不像舅舅。她补充说，啊，对不起，您没戴眼镜。

女仆马上回答，我不需要眼镜，也不需要照片，您和他太像了，如同两滴水。而且你们有同样的脾气和同样的怪癖。喜欢词句，不喜欢人。

您为什么这样说，索斯？斯索问。

因为这是事实，索斯说。

她补充说，您将来会和您的舅舅一样，您会变得又丑又坏。

这可不太友好，斯索说。

我这个年龄不用再说奉承话了，索斯说。

她补充说，您现在还很可爱，您去浇一浇像驴尾巴一样干的菜园吧。我们一个小时后才吃午饭。我做了一个香辛兔肉。

但斯索开始思考索斯的评语了。她对自己长得像舅舅感到怨恨。然后她把放大镜放回她那个旧首饰盒里了。

八

开始下雨了。

一个戴着卷发夹的盲女在路上行走。

梦先生在他的笔记本上艰难地完成了三行习作。

然后他问外甥女怎么看他每天的这些习作。问想象的外甥女，一个自称爱他的小姑娘，她像别人一样任凭自己走向好太太的命运。

然后他清醒过来了，说道，不，我完全清楚我的习作毫无价值，外甥女才看不起呢。这种自我陶醉真可笑。

九

存在中实现转变的时刻来了。停顿。排除大方法依赖小方法放弃总体的理论和目的……

梦先生说，我在什么地方见过这封电报，但我不记得是在何时何地了。我很高兴能在这里找到它。否认我在丧失记忆是没用的。我在公开场合不承认这一点是为了保住面子，我硬说是女仆在忘事。但我们私下说，这是确凿的事实。这并没有让我惊慌，而且正相反，比如这张纸条，要是我没忘记，它就不会给我带来相同的快乐了。

这张纸条是他刚才找牙签时从口袋里掏出来的。他可以用一只手浇水，用另一只手剔牙。他一边剔牙，一边想起是他自己撰写了他所说的这封电报，他想起来了。那是一个炎热的下午，他像今天一样感到了一种由酷暑引起的焦虑。

然后他自问，他是否在给外甥女发了电报之后又把它抄在了笔记本上，这可以解释为什么这张稿纸在他的口袋里。

亲爱的外甥女，你为什么走了？我们过于熟悉了，你需要更广阔的天地。我非常想你，但今天我已经习惯了，也许没有比这更糟糕的事了。令人失望的本性。

可以想想梦先生是不是借助想象把他和外甥女的融洽关系夸张了一点。当然，这个姑娘很多情，也很有教养，但由此就能断定她离不开她舅舅吗？另外，索斯今天早上还在说，小姐知道我这个古怪的主人对她的感情也许会很吃惊，反之亦然。

她正在往兔肉里放作料。

天气热得令人窒息。酷暑。他们在等着外甥女来访，她来得越来越少了。她将乘十一点

27

三十分的快车来，她会先进厨房看看做的是什么饭。

但突然一切都在梦先生的头脑里乱了起来。他在一瞬间看见兔子从锅里跳出来，在另一瞬间看见戴着卷发夹的盲女拿西红柿劈头盖脸地砸向他，在第三瞬间……

这是中暑。梦先生失去平衡，摔倒在豌豆田里。水管离开了他的手，淹了那些野草。牙签不知道掉到哪里了。

十

他被放到了他的床上，斯索向舅舅弯下身来。他重新睁开了眼睛。

她对他说，关系不大，只是中暑。你在屋子里一直待到明天，什么也别吃。

舅舅说，兔肉呢？我饿了。

女仆在歇斯底里的笑声中走开了。

梦先生回想起了浇菜园时发生的事故。女仆的这种笑声。他想，索斯当然是一个老姑娘，但我以为她很冷静呢。她是否怀有一种压抑的嫉妒？嫉妒谁？我？或者斯索？或者所有人？这个女仆可怜的无意识里有什么呢？她做梦时梦到裸体男人了吗？或者梦到了女人？或者男女都梦到了？梦到了一场她六十年来一直没能参加的盛大狂欢？真可怕。

梦先生对精神分析一窍不通。他在公开场合装出懂的样子，就像关于他的记忆一样，他偶尔会引用一两个术语，比如情结、移情，但如果别人要他解释并发挥，他就不行了。

他又慢慢地想到了他的外甥女，她是否也在走女仆的这条路呢？可怜的小姑娘。

注解。随着年龄的增加，梦先生自己也已经走上了这条路，这不是不可能的。如果人们告诉他此事，他会不相信自己的耳朵的，因为他不是女人。但如果人们坚持这样说，并且像 A 加 B 一样精确地向他证明，外部特征与此毫不相干，无论什么性别都可以成为老姑娘呢？他不会发出像女仆一样的笑声吗？

他想，因为一直是他在讲话，这是什么样的深渊。我也会有被克制的狂欢吗？我赶出了一只多么可怕的兔子啊？我应该试着分析一下我的梦吗？我把梦这个词当作消遣和诗歌的同义词使用，我是否应该当心一点？我会变成什么样子呢？

他也许就是在这时候摔倒在豌豆田里的。

他想起向他弯下身来的斯索和索斯的脸。他想起他被抬到卧室里。他想起他听到医生说话。但这一切都不太清晰。当他重新睁开眼睛时，他想起他说过些什么。

他问外甥女，我说了什么话？

她回答，你说了话？

他说是的，在我醒来时或者是马上要恢复知觉时。

她说你什么也没说，反正我不记得了。

梦先生想，她对我隐瞒了什么事情。她回答我的时候神情很奇怪。

十一

斯索乘十一点三十分的快车来了。她先进了厨房揭起锅盖看看做的是什么饭，她说，嗯——好香的味道。

梦先生唯一要干的事就是在晚上记笔记了，他写道，斯索不再爱我了，我讲一讲兔肉以后的事吧。

吃完午饭，先在平台上，然后在饭厅里，他谈起了他和索斯在山中度过的假期。他讲到他出生的家乡时很激动。这又唤起了死亡的真正的滋味。那些深深的山谷、那些牧场、那些青山、那些带有熟悉房顶的村庄，所有这些风景在一个八月的早晨出现在他脚下，那时他抓着野草和山毛榉爬上了一道小山口。

然后他一一说出了这条山脉上所有山峰的名称，他想起了以前和他舅舅一起到这里的每一座山上的远足。

他甚至又开始画水彩画了，他补充说，我过一会儿给你看。

总之他的话滔滔不绝，斯索尽管也喜欢童年的家乡，但还是有点发困，她兔肉吃多了。

我去睡个小午觉，她说，你也睡一会儿，好吗？

——也许吧。但我想让你先回答我。

——回答你什么？

——回答我在中暑后重新睁开眼睛时说了什么。

——我已经跟你说了你什么也没说。

——我想你没有对我讲真话。你回答我的时候，我觉得你的神情很奇怪。我了解你。好了，回答我。

斯索脸红了，她看着自己的盘子，低声回答，你说……

十二

梦先生从床上下来，穿上游泳裤去洗他的早间海水浴。

他说，从我能回忆起来的时候起，我就一直在努力地减肚子，我现在还在这样做。因此我还爱美。这意味着我想讨人喜欢。但讨谁喜欢呢，我的女仆？

这种想法让他笑了。

是为了这个看我一眼都难的外甥女吗？这不值得。

那么是为了谁呢？为了邮递员？

这种想法又让他笑了。

总之，他来到了海滩。

然后他又有了一个想法。不是一个想法，是一幅画面。那个戴着卷发夹的盲女。她是想讨谁喜欢呢？这不是不可思议吗？除非是她周围的人坚持要她讨他们喜欢？或者是要她以为她讨他们喜欢？

这些问题之间不是没有联系的。戴卷发夹的盲女和减肚子的老人，这是本性的两种可怜表现。

在海滩上，梦先生见到了也来洗早间海水浴的邮递员。他们很久以前就认识了，而且从很久以前开始邮递员就一直开着相同的玩笑。他的身体变化真大，梦先生想，如果我不是很久以前就认识他而且从很久以前开始他就一直开着相同的玩笑，那我可能就认不出他了。他不减肚子。

但是，当梦先生想在笔记本上至少记下邮递员开的一个玩笑时，他却什么也回忆不起来了。因此笔记本上没有这个八月的清晨他和邮递员在海滩上的谈话。

万不得已时，梦先生说，我也许可以用近似的方式重建这次谈话，但他不能再让人发笑了，那些笑话也不再妙趣横生，今后我要拒绝我曾经一直满意的这种近似方式。

十三

梦先生苦涩地发现，人们可以在不同的情景中泛泛地使用相同的语句。这也就是说，语言这种工具能把所有情景都简化成单一的类型，因此语言是真实的敌人。

他没有把自己的推理继续下去，因为他知道自己的推理能力很差，但他直觉地比较了他的这一发现和他的格言"喜欢词句"。不过他相信自己是喜欢邮递员的。

他们一起进入舒适的海水，两人一前一后地游蛙泳划了二十来下，这么短暂地泡了一会儿就又一起出来了。

他们各自用毛巾擦干了身子，因为刮起了一阵小凉风，而风在他们刚一擦干时就停了。

太阳突然变得很热。梦先生在一瞬间想起了自己那些伺机而动的焦虑，但他对邮递员只字不提，邮递员也不可能懂。

为了转移话题，梦先生问他邮局有没有我外甥女写来的信？

对方回答，我还没看到邮件。

然后他们就分手了。

邮递员走上了去邮局的路，梦先生走上了回家的路。

十四

他一边喝咖啡一边想，他也许应该给外甥女写信，以便用尽可能不太糟糕的方式来开始这个预示着艰难的日子。

他想，她肯定没给我写信，刚才我是想转移话题。如果万一我今天能收到她的信，我们就可以在她下次来时说我们的信相互错过了；这会造成一种有趣的情景，会使谈话延续很长时间。这甚至可能在我们重逢之前就引起另一次的信件来往，在最好的情况下可能出现另一次信件交错，这会造成一种更有趣的情景，为什么不再有一次的信件来往，当我们最终重逢时，这会使谈话中提问和回答的快乐延续更长时间。

梦先生是一个冲动的人。别人可能会等邮递员来，看看是否有一封信，但他却只追随自己当下的心情。

十五

亲爱的外甥女：

我是刚才喝咖啡时想到给你写信的，以便用尽可能不太糟糕的方式来开始这个预示着艰难的日子。你肯定没有给我写信，因为你一向都很忙，但如果万一，我应该说如果特别幸运，我今天能收到你的信，我们就可以在你下次来时说我们的信相互错过了，这会造成一种有趣的情景，会使谈话延续很长时间。这甚至可能在我们重逢之前就引起……我是多么珍惜我们的谈话！

在邮递员来之前就给你写信，这典型地体现了我冲动的脾性，不是吗？别人可能会等邮递员来，看看是否……

十六

梦先生无误地预见到了糟糕的一天。他的焦虑变得明显了。他不希望想起的那些记忆突然袭来。

他想，我称之为记忆的到底是什么呢？

努力思考了一会儿之后，他对自己说，他称之为记忆的东西其实只涉及情感。因为他现在仍可以因这些记忆而再次感到痛苦。其余的一切，尽管也是从过去涌现出来的，但因为不能让他感到痛苦，他也就不称之为记忆了。

此时他想，这真是令人伤感的定义，但我毫无办法。这可能是因为缺乏推理的技巧和能力，但这仍然令人伤感。

这一切他都做了补充，当然，不包括他自我矛盾的理由。

然后他又自问，我怎么会给外甥女写信说我非常珍惜我们的谈话呢？我应该对此保留了一段美好的记忆吧？但应该相信不是这样，此事我不能称之为记忆，这应该是某种永远在场的东西，我每时每刻都可以参考的东西，而且它没有受到时间的侵害。

十七

买面条。让人配车库钥匙。索斯去发廊。给管道工打电话。去百货店找布料。回信。

当梦先生在他的日常习作中缺乏灵感时，他为了仍然能写几个字而在纸片上记下急需做的事情。他一直都是这样做的，但总是弄丢这些纸片。

索斯也记下急需做的事情，原因却不是缺乏灵感。这些事情有时与梦先生想到的是一样的。但她也会弄丢这些纸片。

因此，随之而来的或者是梦先生想到而索斯没想到的那些事情一直没做，或者是梦先生想到而索斯没想到的那些事情由于梦先生偶然想起来而迟迟地做了，或者是梦先生想到而索斯也想到的那些事情一直没做，或者是由于梦先生偶然想起来而迟迟地做了，或者是索斯在相同的状态下做了，或者是他们都想到的那些事情迟迟地被两人先后做了，这会带来无穷无尽的麻烦，这些做了两遍的事情在以后必须去掉一半，例如上面提到的去百货店买一块布料的事情就是如此，甚至梦先生和索斯会任性地相互报复，干脆破坏这些做了两遍的事情，例如……

可以一直没完没了地叙述下去，还是回到破坏的事例，例如只谈索斯和一件只有她能做的事情：她为了报复梦先生而回到发廊把烫好的卷发重新弄直，因为梦先生偶然而迟迟地想起来了这件事情，却没有看出女仆的头发有任何变化，所以竟然叫她去做头发。

十八

给菜园浇水。

向左转四分之一圈走向西红柿。

梦先生问自己，我们去度假时谁来吃这些西红柿呢？它们带给我不少麻烦，所以我要为它们操心。送给用电视天线妨碍我视野的那些邻居吗？不。送给那个古怪的邮递员吗？不。啊，我知道了。送给那个戴卷发夹的盲女。我们要打听一下她的情况，看她住哪儿。

他叫来了索斯。

他对她说，您是否可以去镇上打听一下那个戴卷发夹的盲女和她的住址。我们不在的时候，我真的一定要让我的西红柿让配吃它们的人受益。

索斯认为把事情搞得这么复杂是荒谬的，

还不如送给邻居，他们一伸手就摘到了。

梦先生对她说，要是您不想让我把这件事记到纸片上，就照我说的做吧。

索斯领会到威胁的意思，去打听了。

梦先生已经开始想象那个可怜的盲女和她周围人的快乐了。为什么不把剩下的草莓、菜豆和胡萝卜也给她呢？他发现自己是如此慷慨，以至于尽管气温在升他的焦虑却减少了。他突然意识到，不花费的慷慨行为可以成为一种对付焦虑的办法。这比每次求助于园艺或其他力气活儿强多了。但这种也许可以称为免费行为的机会似乎并不多，除非把西红柿的产量增加一倍？不行，这需要干更多的活儿，也就是说忙得足以让人不想慷慨了。

就在这时候或者就在接下来的时候，因为记录大脑中出现的一切是大力士的工作，索斯回来了。她怒容满面，因为今天是星期日，所以她可以打听情况的邮局和店铺全关门了。

梦先生向她指出，最小的挫折就让您气得失去了理智。

他补充说，想想慷慨，索斯。想想看，它不花费就能让所有人都受益。

十九

他们坐在了饭桌旁，女仆为了表示对这位稀客的敬意，在桌上摆出了最好的餐具，全套银器和水晶杯子。梦先生坐下后展开餐巾，请外甥女品尝冷盘之后，他也没忘了暗自观察，女仆把葡萄酒弄错了，她拿上桌的不是十一度酒而是十度酒，这和其余的一切不协调，故作自然地看着红鱼排，因为他估计，外甥女会回答你先吃，他为了避开这种没用的客套话，就又说了经过选择的八个字：衰老就是渐渐缺席。他的嗓音似乎很坚定，但仍然显出了忧郁的口气，这样的口气不会必然地招来你这是什么意思这种让人安慰的反驳，尽管他希望如此，他的话一出口，他就发现效果不仅比他想象的要差，而且很平庸。

然后，在外甥女还没用她认为合适的话回答时，他短暂地自问，遣词造句带给我烦恼，使我讨厌语句，是否能让我重新喜欢人呢？

外甥女说，你这是什么意思？不过你先吃冷盘吧。

梦先生说，不，你吃吧。

外甥女吃了，然后她明白了舅舅在等什么，

于是就重复说，你这是什么意思？这种缺席是什么意思？你从来都没有像现在一样在场。

梦先生也吃了冷盘，然后说，啊，是的，亲爱的，我曾经比现在更在场，你别以为是我的错觉。

外甥女一边开始吃冷盘一边说，那你解释一下吧。

梦先生也一边开始吃，一边重复说，不，不是错觉。衰老就是习惯于大写的缺席，自然让我们遭遇那些越来越频繁的，所谓小写的缺席，邀请我们进入大写的缺席。

外甥女说，我还是不明白。

她又补充说，嗯——这些鳀鱼的味道真美。

梦先生说，你别以为轻率地对待我说的话就能转移话题。

他又补充说，我觉得它们没有上次好吃。

此时外甥女问，你缺席过吗？

梦先生回答，有的，各种各样的缺席。不过首先请允许我离开一会儿。

然后他一边从桌旁站起来，一边补充说，你看，以前我从来不会这样的。

二十

舅舅离开的时候，外甥女想，这个可怜的老人让人感动的地方是他天真到还以为我会用轻率地对待他讲的话来真诚地转移话题这种用烂了的方法。至于他的缺席，我清清楚楚地知道他要对我说什么。这就是越来越不相信做的事情，越来越不在乎，越来越经常地发现自己在想别的事情，所谓别的事情就是死，总之，不论愿意与否，变得冷漠无情、心不在焉、进入命中注定的那间候见室……

我刚才讲到哪儿了？梦先生回来时问。

他重新坐下来，重新对付他的冷盘。

你和我讲到了你的缺席，外甥女说。

好极了，梦先生说，你不明白我想说的。好吧，我简单地说。我所说的小写的缺席就是越来越不相信做的事情。越来越不在乎。越来越经常地发现自己在想别的事情。所谓别的事情就是死。是的，亲爱的。总之，不论愿意与否，变得冷漠无情、心不在焉，进入命中注定的那间候见室……

他的话被厨房里传来的索斯的喊声打断了，我的兔肉好了，你们吃完冷盘了吗？

真不像话，在厨房里这么喊！舅舅说，她现在想怎样就怎样。她坚持要让你吃这个兔肉，亲爱的。你的来访次数变少了，我理解。

外甥女短暂地自问，他想让我回答什么呢？她先向索斯喊道，是的，我的好索斯，您可以把冷盘撤走了。然后她对舅舅说，舅舅，首先你不够体贴，我来这里不是为了吃饭而是为了看你，我想更经常来，但我的工作不允许。其次你知道得很清楚，我喜欢兔肉，我可以天天吃。最后你应该原谅索斯在我们面前显出的一点点自由，从她开始为我们服务以来，我觉得她的表现很令人感动。

舅舅还没来得及回答，女仆就已经来撤走冷盘了。

她问，小姐觉得鳗鱼的味道好吗？

外甥女说，嗯——好极了。

舅舅说，没有上次好。

女仆说，当然啦，只要别人说是白的，您就……

外甥女说，好了，好了，你们不要吵架。

她又补充说，我急着要尝尝兔肉，嗯——好香的味道。

注解。外甥女的句式缺少变化，这应该是随家里人。但索斯并没有发现这一点，她说，小姐对又老又可怜的索斯太宽容了。

注解。她因为上了年纪，也像梦先生一样希望得到鼓励。

外甥女对女仆说，我宽容？您这是什么意思？您做得一次比一次好。

于是女仆非常开心地离开了。

外甥女对舅舅说，你看，她多容易相处，多会感恩，一句话就足以让她快乐了。

舅舅说，容易相处！真的，我可怜的宝贝，可见你不是天天在这儿。

他又补充说，我们刚才讲到哪儿了？

外甥女为了避开那个让她厌烦的缺席主题就回答，我们刚才讲到我可以天天吃兔肉。

舅舅说，不对，更前面。

外甥女说，更前面？那么我们是讲到……

她还没来得及说，索斯就端来了兔肉。

外甥女说，嗯——好香的味道。

索斯说，小姐对她又老又可怜的索斯太宽容了。

外甥女说，我宽容？

于是女仆非常开心地离开了。

二十一

你在想什么？外甥女问她舅舅。

我在想什么？舅舅回答。

对，你在想什么？外甥女又问。

好吧，既然你想知道。我在想我们使用某些语句时的习惯，我们有义务经常变换这些语句，我对遣词造句感到厌烦。这一切和我每天都写的习作有关。

你还在写这些习作？外甥女问。

哦，是的，舅舅回答，尽管不是每天都很有趣。

他又问，我们刚才讲到哪儿了？

外甥女回答，我们还是想想此时此刻吧？

她又说，为了对得起我们的兔肉。我们尝一尝吧，别想其他事情，我等得不耐烦了。

舅舅说，那你就自己盛吧。

外甥女立即给自己盛了。

她说，我开始吃了。

然后她立即开始吃了。

舅舅也盛了，然后开始吃了。

他接着说，我本来想说，但不是出于我刚才说的原因，兔肉没有上次好了。

外甥女的嘴里塞得满满的，她说，其实，你说你对遣词造句感到厌烦时，我以为正如你说的，这是错觉。你继续保持对语句的喜爱，这太好了，这是你还没变老的标志。我在许多细节上都察觉了这一点。至于索斯所说的你讨厌人，这也没关系，因为你喜欢我。我不是一般人。

她又说，嗯——这种调料，索斯在里面放了什么？

舅舅回答，噢，她毫无想象力。她应该放了百里香、迷迭香、桂树叶，总之放了香料包，我那个时代是这么说的。

大家一直是这么说的。外甥女嘴里一直塞得满满的，手上沾满了调料，因为她正在啃兔骨头。

她为了得到理解就又说，你不介意吧？我们是自己人。

梦先生没有回答，因为他在想外甥女刚才对他说的话，他已经想过这个问题。他肯定地说遣词造句让他感到厌烦，这是不是为了重新开始喜欢人呢？如果我的格言是准确的。但这样是不是意味着有意识地回归自我，混淆重新喜欢人的利己主义或潜意识需要呢？在后一种情况下，他刚才所说的关于冷漠无情的一切就都失效了。他仍然困惑。

你还是介意吗？外甥女又说。不好意思。

她吸了吸手指。

啊，我知道了，梦先生突然大喊，我知道这个蠢女仆忘记什么了！洗手碗！

他朝厨房大喊，洗手碗！

他又说，你为什么突然要我理解你用手吃兔肉呢？你一直都是这样吃的，我们一直都是这样吃的。

他补充说，回答我，他之所以强调这种细节，因为他害怕外甥女或者是回来的次数越来越少，忘记的家庭习惯越来越多，或者……

我也不知道我怎么了，真的，这很可笑，外甥女回答说。

舅舅说，这或者是因为……

他的话被索斯打断了，她拿来了洗手碗。

请小姐理解我，我忘了，我在丧失记忆。

好了，索斯，小姐说，你不用道歉，所有人都会发生这样的事。

小姐对又老又可怜的索斯太宽容了。

然后她回厨房了。

我刚才讲到哪儿了？舅舅问。

毫不重要，外甥女一边涮手指一边说。

啊，我知道了，舅舅说，我想起来了。你要我理解你用手吃，这或者是因为你回来的次数越来越少，忘记的家庭习惯越来越多，或者是……

你别费脑子了，外甥女打断了他，那仅仅是因为我不想说少了洗手碗，不想让索斯受到指责。你看，我没做好。

我实在是害怕你会完全忘记这些习惯，亲

爱的，舅舅说。

忘记忘记，你和女仆两人嘴里只有这个词，外甥女温柔地装出有点生气的样子说，我现在终于相信你们是在献殷勤了。再说，害怕我忘记你，这是体贴我吗？

此时梦先生愚蠢地忘记了他将要说的话会在他和女仆的紧张关系上火上浇油，并且会再次让外甥女感到不快，所以他无意中说，我让你喝十度葡萄酒，对此我很抱歉，因为这个蠢女人忘记买十一度酒了。

听着，舅舅，外甥女说，你这些讲究让我烦了。

她又补充说，而且我也不知道这有没有，啊，对不起，这是不是正好相反，是一种再次回到你和女仆的紧张关系上的迂回办法，你知道老是提到这种事让我很不舒服。请原谅我对你的态度有点生硬，但爱之深，责之切。我们刚才说了要抓住此时此刻的，但你看你……

我请你原谅，舅舅打断了她的话，实在对不起，尽管我是不可原谅的。作为对我的惩罚，我要举杯说十度葡萄酒万岁，以后我再也不喝其他酒了。

他举起杯子喝了酒，外甥女也这样做。

然后他们笑起来了，笑起来了！就像在过去，那时他们没有想到要说抓住此时此刻，相反他们还像孩子似的制订各种空想的计划，在谈起过去时也丝毫不会觉得这有什么重要，因为过去、现在和将来，在他们看来都是好的。

一滴小泪珠出现在梦先生的眼角，他对外甥女讲了一件有趣的小事，但他想把这件事记录在笔记本上时却回想不起来了。一件让外甥女的眼角涌出一滴小泪珠的小事，她也讲了一件有趣的小事，他回想不起来这件事了，她也回想不起来了。

因此，他们现在处于此时此刻中，这对他们每人而言都是一种无法言喻的返老还童。

二十二

梦先生惊慌地发现他从来都没在他身处的地方。

他给外甥女写信，比如说，尽管我坐在这里的桌子旁或者正在给菜园浇水，但我此时却可以和你一起在我们的海边小花园里……我具有的这种能力简直让我晕头转向。它可以升华，变成一种特异功能，一种分身术，而为此我应该是一个伟大的神秘主义者，也就是说我应该摆脱人世的财富。但你知道情况并非如此，最小的挫折都会让我烦躁不安。

外甥女回信：你是什么意思？你的……

此时梦先生……在哪儿？什么地点？……梦先生看见那个向下延伸到海里的小阶梯的最后一级台阶上有一个年老的钓鱼爱好者。梦先生往下走到他身边，这个年老的钓鱼者向他道歉，立即说，我希望没有打扰你。梦先生也立即说，根本没有，根本没有，但这个角落里没有鱼。对方说，我知道，但这是为了消磨时间。

梦先生回到自己的花园里，发现自己对这个年老的钓鱼爱好者的回答感到非常满意。仅仅为了消磨时间而做无用的事情！他想起了自己的那些日常习作，一下子就为它们找到了一种令人安心的理由。他隐隐约约地想到人们所做的一切职业，从最低贱到最高尚的，归根结底只可能有这一种理由。他不敢深入探究这个问题，担心推理错误，但他下决心永远不忘记这个回答，这不是为了它的绝对意义，而是为了它带给自己的那种令人安心的感觉。

二十三

索斯来打扰她的主人了，她说，我按照先生的要求打听到了那个戴卷发夹的盲女的情况。她住在一个盲女养老院里。那个房子里挤满了戴卷发夹的老盲女。当我打听那个盲女时，别人问我是哪一个。在下午吃点心的时候，我想尽一切办法要在餐厅里的人中认出她来，但她们全都一个样。于是我说就是每天十一点到十二点之间被带去散步的那一个。人家回答我说她们是被轮流带出去散步的。

多奇怪呀，出乎意料！梦先生说。一个挤满了戴卷发夹的盲女的养老院！为什么戴卷发夹，您知道原因吗？

我没有问，索斯说。

我为什么会对这个盲女感兴趣呢？梦先生问。请告诉我原因吧。

她大概值得同情吧，索斯说，不过我想不到别的原因了。

我们会找到原因的，梦先生说。

然后他补充说，如果有原因的话。

二十四

现在路上走过一个盲女，随行有另一个女士，应该就是陪她的人。

梦先生甚至没有想就向她们喊道，啊女士们，请等我一下！

他把水管放在西红柿地里，走出小门，和

这些女士攀谈起来。

你们好，女士们，他说。

您好，先生，另一个女士说。

天气多好呀，他说。

天气变凉了，另一个女士说。

梦先生突然感到慌张，不知再说什么好了。但他又镇静下来，对盲女说话。

他对她说，那您呢，女士，您认为如何？

另一个女士说，她是聋子。

又瞎又聋？梦先生冒失地问。

然后他真诚地补充说，太不受眷顾了！

什么？另一个女士问。

我说太不受眷顾了，梦先生说。

但另一个女士不懂这种漂亮话，她说，谢谢，先生。

梦先生再次镇静下来，他说，请原谅我的冒昧，但我很久以来就一直在想为什么这个可怜的女士总是戴着卷发夹。

她们全都戴卷发夹，另一个女士说，因为她们全都以为要去庆祝一个纪念日。但她们想不起是为了什么，也不记得时间了，所以为了做好准备就戴着卷发夹。因为她们不仅又聋又瞎，而且神志不清。

太不受眷顾了，梦先生重复说。

谢谢，先生，另一个女士重复说。

然后女士们重新上路，梦先生回到西红柿地里。

他继续浇水时想起了自己为什么会对戴卷发夹的盲女感兴趣。但他对自己说，其实现在这已经不重要了。既然她不是这类人中唯一的，那她应该就没那么不幸。所以也就不太值得同情了。

唉，人们经常就是这样推理的。谁能对我们说，一只猴子，因为它在各方面都和同类相似，所以就像它所希望的那样不再是猴子了呢？人们经过它的笼子前和经过其他猴子的笼子前一样，人们为自己找到一个不再想它的好理由。

二十五

火车的轰鸣声在海湾回荡。

肮脏的小港口。

鱼篓、渔网、废铁、木头，笨重的渔船、油炸海鲜的气味。

一个火盆还在冒烟。

微小的浪花舔着沙滩。月亮是橙红色的。

一只猫叼着一根鱼骨，碰翻了垃圾桶。

梦先生在露台上喝着茴香酒。他的焦虑消

失了。

他想到了诗歌，他对自己说诗歌有真假之分。假诗歌可以显得很有诗意，而真诗歌却未必。但他不知道这是为什么。

他又给自己倒了一杯茴香酒。

然后他忽然对自己说，我真傻，最重要的难道不是继续呼吸吗？我从来都没在我身处的地方，这又有什么关系呢？既然我现在感觉良好，那就让这些问题见鬼去吧，生命万岁。

然后他想，说生命万岁是不太谨慎的，于是他就又为死亡的健康喝了一杯。

他又给自己倒了一杯茴香酒。

就在此时或此后，更精确地说是在此后，外甥女来找他了。梦先生给她倒了一杯茴香酒，然后说，让我们为龙虾的健康干杯。

龙虾？外甥女问。

龙虾，舅舅回答。我们午餐有一只龙虾。

一只龙虾！外甥女说。我们是要庆祝某个纪念日吗？

每天都是纪念日，舅舅说，因为每天都要纪念现时，每天……

他的话被女仆打断了，她来宣布说，小姐，菜好了。

二十六

外甥女一边给自己盛冷盘，一边说，真好笑，你别把我对你说的话当成是冒犯，但我每次想起你时，看见的总是我们两人在饭桌旁边坐着。

舅舅说，这并不好笑，这只是人之常情。我们寻找的是快乐的时刻，我们两人的快乐来源于谈话，而我们的谈话是在吃饭时进行的。

他补充说，把这当成冒犯，你这是什么意思？

在笔记本上，这次谈话的开头部分就停在此处。

虾来了！斯索说。她看见索斯端着龙虾来了。天啊，太疯狂了！

这可是你自己说的，索斯把龙虾放到桌上时忍不住这样说。

然后她又改口补充说，我是美式做法。

啊，这种调料，斯索说，好香的味道。

小姐太宽容了。

她回厨房了。

啊，龙虾，梦先生说，这让我想起了过去！肮脏的小港口、笨重的渔船，火车的轰鸣声在海湾回荡。这一切都太遥远了！

但你生在那里！斯索说。你属于我们的小港口和我们的小花园，你在那里度过了美好的假期！你认为这遥远吗？

梦先生没有回答。他突然感到一种巨大的无法克服的困难，涉及记忆、痛苦、流逝的时间、生活中的各种小事件，它们之间毫无联系，或者说它们之间有多得难以估量的间隔，或者说它们全都一起出现，或者说它们按照某种无法预测的方式颠倒次序，或者说他全都经历了而它们还在没完没了地重复。

外甥女找不到什么话来使他避开困难的回答，只好说，嗯——这种调料，索斯在里面放了什么？

然后她补充说，我在东拉西扯，但你想，我喜欢陈词滥调，我不知道我为什么要对你说这些话。

你跟我多像啊！舅舅说。你想想，这些让我重获青春。

他补充说，你别以为你是在东拉西扯，龙虾才是最典型的陈词滥调，就像我们将要在饭后吃的菠萝一样，因为我们要吃菠萝，这又是个惊喜，讨你欢心。

他补充说，龙虾和菠萝万岁！你下次来时我们还吃。

那就不再是惊喜了。

他们吃完了龙虾，索斯来撤盘子。

她对斯索悄悄说，还有一样惊喜在等着小姐呢。

还有一样惊喜？斯索问。

嘘，梦先生对索斯说，拿来吧。

注解。这里没有提到斯索说还有一样惊喜时是在假装惊奇，因为她已经知道是菠萝了，她是为了让索斯高兴才这样做的。另外，梦先生尽管已经对斯索说过惊喜是菠萝，但为了相同的原因，也装出只有他和索斯才了解秘密的样子。

索斯把惊喜拿来了。

一个菠萝！斯索说，太疯狂了！

小姐请放心，索斯说，虽然我是在平价商店买的，但它有产地证明。

即使如此我也太受宠了！斯索说。

然后她又问，我们是在庆祝某个纪念日吗？

这应该问先生，索斯说。

每天都是纪念日，梦先生说……

他忘记了他的格言的后半部分，于是他转向索斯说，你可以走了。

索斯走了。

二十七

向右转四分之一圈走向草莓地。

向左转四分之一圈走向西红柿地。

梦先生想，秋天到来时我会变成什么样呢？反反复复地向右向左转四分之一圈而不再浇水？对自己重新提出我这些习作是否合时宜、我的生活是否有意义这类讨厌的问题？如果炎热过去了，我在下午的焦虑就会少一些，但既然它不能再达到极点了，我又期待什么呢？焦虑将保持中等程度，我将被迫只能记录平庸状态？

他又想，为了走出一个绝境，必须走进另一个绝境。我模糊地看到了我以前没有预料到的一些困难，它们和我的习作有关。怎样才能避免平庸而又合乎情理呢？努力回到这个笔记本开始时的氛围中去吗？但八月已经遗憾地过去了，这是既成事实。

夜幕降临了。花园里娇弱的李子树用剩余的枝叶在北方的天空中画出自己的轮廓。邻家的屋顶冒着烟。桌子上摆着一束忧郁的大丽花。

梦先生心里想着一些词语，总是一些词语！

他又想，对我而言，想象和外甥女吃饭比推论我不在我身处的地方更难吗？让别人讨论这些问题呢？我得赶紧丢开这些徒劳无益的游戏，转向纯粹简单的行动。我的习作就算了。

他心里想，纯粹的行动，纯粹简单的行动，我又推翻一切了。从我认识自己以来，我就清楚地知道这不会是我做的事。那怎么办？我在这个世上还剩下什么呢？

于是他发现没有比去百米之外的酒吧更好的事情了。

他穿过马路时，看见了那个戴卷发夹的盲女和陪她的另一位女士，他想，真可惜，这是一个大有希望的主题。

他又想，大有希望的主题总是没那么好。满足于毫无希望的主题，有时反倒能写出一点东西。

他走进酒吧。

尚兹神父已经在这儿了，站在吧台前。梦先生和他为那些还活着的人的健康干了一杯，这是他们几个还活着并且在酒吧相聚的老人之间惯用的做法。

然后他请了一次客，然后另一个老人加入进来也请了一次客，然后又有一个老人，他们就这样继续下去。

我看出来了，外甥女说。每次都有一个新

人加入进来为那些还活着的人的健康干杯。你们最后会变成一个军团的！

啊，梦先生说，这我可没想到。

条件是你一直活着，外甥女说。

二十八

亲爱的外甥女：

好了，溃败了。秋天又来了。我正从窗户里看着娇弱的李子树，上面有一缕虚幻的阳光。桌上摆着一束忧郁的大丽花。承认这不是生活。我努力让自己回到八月的氛围中，但白费力。心不在那儿了。我将转向什么来继续我的习作呢？因为你知道这些习作是我得救的唯一机会。还是要能够处理一个题材。李子树？雨？田野里呱呱乱叫的乌鸦？吹落树叶的风？晾不干的衣服？我那双沾满污泥的皮鞋？灰色背景中的灰墙？出现故障的电话？舍不得开的暖气？猫喝的汤？狗身上的跳蚤？索斯的抱怨？这个蠢女人因为需要浇水而抱怨，她还想待在八月，还想让我感到焦虑。而且她老了，什么都忘，她重复说十遍相同的话，重复做十遍她刚做完的事。你可以想象我们两人在壁炉旁交谈的样子。简直是互相摧残。你不怜悯舅舅吗？一次简单的来访？我们可以在火上烤栗子，吃菠萝罐头……这会是令人伤感的景象吧？但你可以给我讲办公室里的故事，这也许能让我笑起来？我从来都不喜欢办公室，但那里有时也应该发生一些有趣的事情吧？一点都没有？永远都是关于工资、老板、社会保险和外遇的哀叹？太让人伤心了！不过，亲爱的外甥女，这并不比沉默更让人伤心。它驻留在这里，让我感到恐惧。我并不比我的女仆更有勇气来面对这个糟糕的季节。因为，你看，此时此刻我只有这张纸上的这支笔。今天晚上索斯还有余力跟我赌气，我吃完面条就去睡觉。说到此时此刻，我发现以前我没有花这么大力气重视它。我这些小习作是在此时此刻中产生的，它们紧密依赖八月，依赖八月带给我们的意外事件，仅仅因为我们是在户外度过八月的。这就是人们所说的外力。但现在我几乎不离开房间了。我只好和人们所说的内力打交道了，这对我而言似乎是不可能的，因为这怎么可能产生惊喜呢？在我的房间里，一切都被清点分类了，没有给意外留出一点位置。睁开内部的眼睛吗？我现在只能看见记忆，你知道我是怎么想的。但我感到我让你厌烦了。我甚至不值得你怜悯。祝你幸福，让我去死吧。

　　梦先生重读这封信时，处于绝望的边缘。

不过他还是加上了一段附言：应该有一次戏剧性的变化，但我在想这是否可能存在于词语之外。

这种见解如此深刻，以至于让梦先生感到害怕，他考虑把它删除。

但他没删，它将永远在那儿。

然后他又英勇地加上了第二段附言：我将等待下一个八月，和大家一样，和我曾等待上一个八月一样，同时我要保持我对那些美妙的焦虑的感知。我们不论是否愿意，都根本无法反抗时间，反抗自我。但愿这种迷人的陈词滥调能再次给我活力。我清楚地知道你不会来，但我还是要把这封信寄给你。我还要继续写我的习作，尽管没有任何价值。再说，这不是遥远的通信吗？谁希望如此呢？

平庸的存在

他说。

梦先生

一

　　今天是十一月一日，梦先生说，我站起来很困难，想再躺下去，抵抗一下，再睡一觉对我毫无益处，需要清晰的思想将白天引向好的结果，我们的时代不再充满暧昧的惊奇了，我知道自己在说什么，这是表现我害怕沉默的一种形式，闲言碎语在别处悄悄流传，不要再想身处何方，昔日的耳朵太听话了，我倾向于把自己当成别人，我对此宣战，让我们接受自己的缺点。

　　评语优秀，继续努力。

　　忘记流亡的魅力吧，虚假的展望，留出空间给本土活动，无论价值多少它们会保障经济，选择错误将导致破产。

　　日复一日，尽量优雅地写作，不连贯也没什么，我将一切都付诸偶然。至于逻辑，偶然应该有自己的逻辑，比我们的逻辑高明多了，称之为逻辑并不准确，但我找不到其他词，原因不必说了。

但如果我是偶然呢？

梦先生受到这种假设的烦扰，他觉得这很重要。

二

从多年前起就不再写回忆录的梦先生在一天醒来时想，我要重新投入工作，为此我要重新捡起我那些好习惯。他立即开始实行他的决定。现在是早晨七点。他起床了，没有重新入睡，他去洗了洗鼻子尖，然后就着一片黄油面包喝了一杯咖啡。机器开动了，过了一会儿，梦先生胳膊下夹着书包，重新走上了通往学校的路。他在肉铺橱窗前发现了这件事，橱窗里映出来的是一个患有风湿病的小学生。

梦先生对这种使他返老还童的灵巧机制感到害怕。他原路回来，一进到屋里就想是什么地方出现了错误。他重新审视了他的每一个动作，最后盯上了早餐。这大概是面包片的缘故，他说，我已经有六十年没吃了。他在一张纸的边上为第二天写下了小心面包片。但这次操作错误打扰了他，使他无法重新进入正常的工作状态，他重新上床，又睡着了。

三

梦先生不假思索地说，我从未因为没有任何痛苦而如此痛苦。然后他问自己这句话是什么意思。他想，他像野兽一样脱落了一些毛，但他不像过去那样感到需要重新振作起来。这首先意味着顺从，很可能也意味着衰落。其次意味着智慧，但必须斟酌一下这个词。他最终选择了懒惰一词，他突然觉得这个词对他很合适……

因此那句话仅仅意味着内疚，这是健康的迹象，而不是衰弱的迹象。他说，应该由我来做出回答，但用什么方法呢？我的想象力不再喜欢神话、寓言和其他无聊话了，应该为想象力打开一个通往真实的出口。但梦先生找不到窍门。因为抓住真实，这需要非凡的想象力，在持久的压力下，习作自身可能会陷入绝境。

他英勇地决定重新进入过去的状态，在天亮前起床，不离开书桌，直到……

然后他自问这有什么用？我永远不会因为拥有一种痛苦而如此痛苦，不曾拥有从未寻找才如此痛苦。

应该怎样看待梦先生呢？等着他的是不是

67

一种圣洁呢？

必须深化圣洁这个概念。

这种思考使他再次落到懒惰这个词上……

四

每周三人们都可以在市场看到提着空篮子的梦先生。他停在一个摊点前，看了又看……然后他走到另一个摊点前，看了又看……然后他提着空篮子回家。接下来他的女仆或他的外甥女就会去市场。那些见到女仆或外甥女的人，因为看不见梦先生了，就会说，喂，梦先生刚过去。

我们可以想象，在梦先生死后多年，人们看见女仆或外甥女时还会说同样的话，因为一次葬礼很快就会和另一次葬礼弄混。这也许可以叫作梦先生的死后存在。

五

他在笔记本上写下一句话：为了满足不再工作的愿望而工作就会遗憾地导致不再有工作愿望。

他觉得这句话的意思不够清楚，但他为了使自己显得深刻还是保留了。因为他想起了他读过的那些伦理学家的著作，他越是看不懂，就越是觉得充满了思想。

他今天补充说，这些所谓的伦理学家如此卖弄捏造名言警句，他们不可能没有预见到理解的困难。由此可见他们也并没有放弃使自己显得深刻的幻觉。

六

应该在梦先生清晨散步时给他画一幅速写，不是画他微不足道的外表，而是画他的内部，画他的心灵。那么他的心灵并非微不足道吗？是的。当然这也不是人们所说的伟大的心灵，而是古怪的心灵，对，就是这个样子。这里的意思是无法预料，变化无常，性情古怪。啊，这个心灵并没有伟大的矛盾运动，也不极端，但它足以让人难受，引人注意。引起谁的注意？引起那个愿意这样做的人的注意，尤其是在清晨，当这个心灵还没有穿上因循守旧的高贵外衣的时候。因为在离开青年时代时，梦先生出于当时与别人接触的需要而做出了许多抗争（这个词没有太过分），以使自己的心灵显得不太独特，变得温和，变得合群。习惯使然，现在他的心灵驯服到了可能欺骗人的地步。不过清晨他不是这样，在清晨还不会。因此，人们在这个时间遇见他，就可以听见他身上发出的奇怪的声音，仿佛他是一把没漆好的小提琴，梦先生清楚地知道这一点，他强迫自己起床出门散步，在头脑中记下那些不和谐音，然后就用它们来当日记的调料，也许可以这样说。

有一天清晨正是在街角处，当梦先生在橱窗里看到自己时，也许仍然是那个肉铺的橱窗，他发觉自己正在把心灵当作一个奇特的实体谈论，他发觉他又想起了那个死去多年的朋友马于，他的这个朋友也好这口，好这种无害的体验。

梦先生写下上面这些话之后，心里想，可惜形容词没有未完成过去时。比如说，这个"好"用在一个死人身上显得他还活着一样，本来应该说他过去好这口，但这样的句子对于召唤一个亡灵而言又显得过分笨拙了。

七

当梦先生收到一封信时，他不马上打开。

70

他把信放在桌子上，留出时间让自己适应，让自己习惯。如果他猜到这是一个好消息，那么快乐就被延长了，反之，了解不幸总是越迟越好。梦先生从来都没有搞错。当别人要他解释一下这种预言能力时，他无法解释，他说这是一种天赋。

需要说明的是梦先生收到的信非常少。不是交税通知单就是外甥女的信。因此他能轻易猜出两者中哪一个是好消息。但如果有一天他的外甥女成了税务员怎么办？

梦先生为此感到忧虑。他再也睡不着觉了。他看见外甥女戴着大眼镜，坐在一张办公桌后面，当他进来时，她不认识他，她让他把手从口袋里拿出来，让他把指甲剪短，让他当场交税，否则就威胁要把墨水瓶扔到他脸上去。梦先生试图让她明白他在她很小的时候就认识她了，他曾溺爱过她，但他不知该怎样说。这一切最终都很糟糕，但在血缘关系中失去信任时应该怎样表达呢？他的吸墨纸上可见一片红色的印迹，那些冒失鬼怕是以为这是一道深深的伤口。

然后梦先生一边思考着这种想象的忧虑，一边对自己说这应该意味着什么。除非他的外甥女也从来没有存在过？但税务局总存在吧？

八

梦先生买了一条鱼。卖鱼的问：

——您要我把它拾掇好吗？

——是的。

——鱼头要留下吗？

——是的。

——鱼子呢？

——也要。还有鱼肠子。

——您吃鱼肠子？

——谁知道，也许有益健康……

——那您为什么要让我拾掇呢？

——我也不知道，我以为……您是想干别的事……

——什么事？也许是给你煮好？

梦先生拿着他的鱼一边走，一边想，今天的商贩一点也不友好。他是为了让这个像公猪一样的家伙高兴才随便回答了一个是的，但这是把珍珠扔了……

九

当梦先生不知道要在日记中记什么时，他就会先对自己说，有什么值得记呢，这种破东西对谁都没用，尤其是对我没用，我在走投无路的情况下，美化或夸大这些永远相同的事件，这对改善我的个性毫无作用，如果我真有某种个性，唯一的作用就是可以满足不恰当造句的虚荣心，我无意间说出了虚荣心这个词。

然后他又听从于理智，再次唠唠叨叨地说，这项任务中不应加入任何判断，他是在明了底细或者说是在不明了底细的情况下做出决定的，因为他总是忘记原因，他应该相信某种机制，尽管这种机制微不足道，他不记得这种机制的来龙去脉了。

于是他绞尽脑汁，上天保佑，他不管什么都记了下来。如果上天不保佑，他就会说，想想看，我昨天遇到了什么事。他再次绞尽脑汁。什么事也没有。但还是有的，我肯定感到了某种烦恼。他想起了一次腹泻，或者是一张需要支付的发票，或者是一个在街上碰到的老熟人。

关于这一点，他在日记中补充说，这样的

相遇真可怕！这个朋友我将近十年没见过了，几乎认不出来了。我是在无意中根据一道残留在他眼中的光芒或一条变为深沟的嘴角皱纹认出他的。他看我时也应该感到了相同的震惊吧。然后我们像过去一样相互说了再见。真可悲！我们希望的是不要再见。但如果不幸我哪天又远远看见他了，我就会绕开，避免我的出现给他的心灵带去小小的打击了。

梦先生自问这样做是否真诚。他犹豫地说，是的，从某种意义上说是真诚的，但并非在所有意义上都真诚。或者更准确地说，他虽然是真诚的，但产生于反省习惯的虚伪世界总不给他表现真诚的机会。换句话说，他责备自己把真诚当成不过是一种幻想的变形反映，这种幻想是他意识中的魔鬼所熟知的。

十

梦先生说，由于不断悔过，我将来会只喜欢小牛胸肉。最好是有馅儿的。

十一

梦先生喜欢卖弄，但并不聪明，他给他笔下出现的这个句子加上了一个他说，非常私人化的一句，以为这样就能骗人，就能在显得没说服力或者有争议的情况下让人相信这句话不是他说的。他弄错了，他与某个作为叙述者的梦先生保持了距离，但他清楚地知道其实是他在说话，至少目前就是如此。

十二

以前曾有一首管风琴乐曲让他陶醉，让他展开了一段长长的抒情。现在梦先生听同一首乐曲却无法再陶醉了，他感到悲伤。他决定退回到三十岁的时候。这些岁月像堆积在废墟中的石头，跨越过去有点困难。但他不断倒退，倒退，最终到达了。他准备好了，向情绪敞开自己，体验到了某种崇高的渗透。但此时他想不起怎样才能让唱片机转动了，因为唱片机和以前不一样。他的悲伤增加了十倍，马上就回到了今天，痛苦和快乐都减少了。他没有唉声叹气，他屈服了。作为对他的补偿，唱片机自动转起来了，梦先生泪流满面。

十三

梦先生乘火车去看他妹妹。她住在乡下自己家的房子里。

女仆陪梦先生来到火车站，对他再三嘱咐。车厢变热时别忘记脱大衣，下车前别忘记再把大衣穿上，别把手提箱忘在行李架上，别忘了跟太太说那件事，别忘了带回一些龙蒿和香芹，别忘了……

要是我会忘记的只有您就好了，梦先生对她说。

他在火车上安顿下来。

梦先生想，我正好可以打个盹儿，这样旅途就会显得没那么长。后来他发现周围的人都在读什么东西，一本书或一份报纸。梦先生发现他没带任何读物，不过他有笔记本。为了不让别人把他当成文盲或老年痴呆，他从手提箱里拿出笔记本，打开了它。但读起来……怎么说呢……最终梦先生被睡意压垮了。过了一会儿，火车的震动把他弄醒了，邻座的女人对他说，我可以冒昧地问您刚才读的是什么吗？我读了报纸，想让自己睡着，但没有作用。睡眠是我的一大问题，我试过了所有的办法。您也许能给我不可估量的帮助。

梦先生结结巴巴地说，啊，一些笔记……一个老朋友的笔记……为了纪念他，我强迫自己读。

于是他一点一点地对这位女士讲起了这些笔记，她终于睡着了。

想象女士醒来时的感激之情。她因为失眠的困扰，竟然索要这个笔记本的复印件，她可以出高价。梦先生最尴尬的境遇之一。

十四

当梦先生到达目的地时，他妹妹和他外甥女已经在车站等他了。他觉得她们的样子有点土气，对她们说，多好的脸色！妹妹对他说，你呢，正相反，脸色苍白，这种天气不穿大衣就出来，你疯了吗？

见鬼，梦先生说，我把它忘在火车上了。本来不会的，都是我那个蠢女仆……

你的手提箱呢，外甥女问，你总不会今晚就回去吧？

又见鬼了，梦先生说，我把它留在行李架

上了。

他们马上挤进微型汽车。但汽车不想动了。母亲对女儿说，我们不能在这儿久等，你舅舅会着凉的，我和他叫一辆出租车，你自己想法应付吧。

当他们回到家时，妹妹立刻为梦先生倒了一杯甜热酒，用毛毯和鸭绒被盖住他。然后她让他待在壁炉前的扶手椅上，自己去做饭了。

梦先生睡着了，睡前没来得及说，见鬼，我有事要对她说，但我不记得是什么事了。

外甥女回来把他吵醒了，她说，我忘记加油了。

梦先生对她说，亲爱的，你大概和你舅舅一样，我们什么都忘。

幸亏我在这儿，母亲一边说，一边从厨房里走出来。

你在这儿就是为了对我们说幸亏我在这儿？女儿对她说，这既不能让我们有大衣，也不能有手提箱，甚至不能有汽油。

但如果妹妹没说这句话，梦先生也许之后就会忘记写这句话。

我们喝一点开胃酒？外甥女问。

你舅舅已经喝过了，母亲说。

我喝过了？梦先生问。她可真有意思！

你把甜热酒忘了？妹妹问他。

78

我忘了，梦先生说。

反正甜热酒也不是开胃酒，外甥女说。

她去拿茴香酒了。

你应该干涉一下，妹妹对梦先生说，这个小家伙染上了糟糕的习惯，她最终会和她父亲一样的。

他最终怎么了？梦先生问。

看看你，爱德华！妹妹对他说。

外甥女倒上了茴香酒。

母亲说，我的午饭要烧煳了。

幸亏你在这儿，女儿对她说。

然后他们上桌了。

我想起来了，梦先生说，我的女仆想要一点龙蒿和香芹。

明天你动身前我会给你准备好的，外甥女对他说，我们还有的是时间。然后她补充说，今天晚上我把爸爸的睡衣拿给你，明天早上给你他的洗漱用具，它们一直在那儿放着呢。

是的，我把它们留下来了，母亲说。然后她补充说，他会高兴地知道……女儿打断了她的话，我很吃惊，这个可怜的人讨厌把自己的东西借给别人。

上帝保佑他的灵魂，梦先生说。然后他补充说，他到底是怎么死的？我不记得了。

看看你，爱德华！妹妹重复说。

为了补救自己的错误，梦先生晚一点会说，我们毕竟是一家人！而且他还会补充说，我很怀念那些逝世的亲人。

十五

在一个冬日，梦先生看着他的房子说，其实，如果我以前没有维护房子，那它今天就要倒了，我也就可以有点事来消磨时间了。我还不如不维护呢，我现在不知该做什么了。

然后他想，如果我没有维护，那以前我也就不知道怎样消磨时间的了。

然后他又看着他的花园说，从我不再打理花园开始，它变得美多了。小路上的这些草莓、菜地里的这些毒鱼草、黄杨篱笆上的这些牵牛花。这是否意味着我不知道我以前是怎样消磨时间的呢？不对，我以前有一栋要维护的房子。现在呢？我要养护花园了，管什么美不美，让房子也倒了吧。

晚上，他在炉火旁重新开始思考，我的推理中有什么不对的地方，但错在哪儿呢？他重新推理，寻找错误。但他没找到，因为温暖的火苗让他忘记了时间的流逝。

十六

我在不久前说了许多蠢话，梦先生说，但要是我没说这些蠢话，难道我今天就会更有智慧吗？智慧是否能让你不说蠢话，这还是一个问题。

如果我那些侄子能读到我的笔记，他们会正确评价我的，我会再次成为一个为了快乐而说话的人。

注解。梦先生总是混淆说话与书写。原因在于他很不合群，所以用笔为自己创造了一个听众。当然，他可以自言自语，那么这支笔有什么用呢？

十七

梦先生去参加一个女邻居的葬礼。他来到教堂，用目光寻找死者的丈夫。在穿丧服的人群中，他认出了孩子，但没看见他们的父亲。他问身边的人死者的丈夫在哪儿。

在那儿，身边的这个人一边说，一边指着一个全身披满黑纱的胖女人。

我跟你打听的是丈夫，梦先生重复说。

我告诉你就是他，邻居重复说。他痛苦得发疯了，表现出来就是这样。没人能阻止他。

梦先生差一点大笑起来，但他忍住了。他想，这是多美的爱情证明啊，它抽取出心灵深处的多少东西呀！有人想编造，但不可能找到更好的例子了。

十八

梦先生的女仆也参加了葬礼，她回来后对他说：

——你看到皮松小姐的毛皮大衣了吗？

——没看到。她是谁？

——怎么问她是谁？玛丽·皮松，她以前在这儿做过家务，时间是……

——啊，是玛丽，我当然记得玛丽了。

——你看到她的毛皮大衣了吗？

——我跟你说了没看到。它有什么特别的地方吗？

——玛丽·皮松，一件毛皮大衣！先生能想到吗？一个来我们这里做家务的姑娘！还不光是在我们这里做。大家都知道她是女佣。

——那又怎么啦？

——那又怎么啦？我有毛皮大衣吗？我们有钱给自己买毛皮大衣吗？

——看来她是有钱。要是我没记错，她可是又老又丑。你不会是想让我相信她勾搭上了波斯国王吧？

——当然不是。但怎么会缺乏教养到这种地步？一个用人穿一件毛皮大衣！而且是在早上！

——为什么早上不能穿？

——先生好像不懂规矩了。

十九

梦先生在思考一个作者的情况，这个作者在察看自己的没落处境：他对继续在至今为止所遵循的方向上把作品写下去感到厌烦。但怎样才能知道这是一个正确的方向呢？丧失了坚持下去的力量这一事实真的是没落的迹象吗？也许这种厌烦仅仅来源于趣味的改变？也许趣味的改变是一种有远见的迹象？也许这个作者会因此而走上他真正的道路？因为这里涉及的力量是意志的力量，它可能是盲目的，是由骄傲支撑的。

找出这个作者晚年与前期作品毫无关系的

杰作来当例证吧。

二十

梦先生问他的朋友莫尔坦，他发表那些植物学著作有什么好处。梦先生觉得只有研究本身才是迷人的，应该小心翼翼地保守这种研究的秘密。莫尔坦回答说，这是整个科学的问题。如果没有我们的著作，科学怎么进步呢？

梦先生没有坚持自己的意见。他觉得一门科学越是公众化，就越容易受到伤害，就越不可能进步。这是炼金术士的一种观点。

二十一

当夜幕降临时，城市的喧哗声好像加强了，白天的阳光似乎使人忘记了这些声音。梦先生一边胡乱写字，一边想着他的笔将让他读到的东西。但他越是这样想，他的笔走得就越慢。因此，他头脑空空，只能不断地重写这个关于喧哗声的句子，这句话由于不断地重写，极大地加强了喧哗声，以至梦先生只好停下笔来塞住耳朵。

此时一个朋友来看他，问他在写什么。梦先生给他念了这个句子。朋友觉得这句话很一般，另外他还补充说，你搞错了，根本没有任何声音。梦先生回答说这句话不是他说的，于是朋友一边想着这支笔的危害，一边走了。

二十二

天色灰蒙蒙的。什么也没有发生。梦先生坐在书桌旁听着自己的胃里发出的叫声，他患了流感型腹泻。他闷闷不乐。他要在笔记本上写什么呢？他扫视了周围一眼，但没有任何东西能带给他灵感。突然，他听到房间里有一只蟋蟀的叫声。他到处找这只昆虫，床下、椅子下、书下。后来他发现这只蟋蟀其实是在他耳朵里。他想，大自然的安排太巧妙了。蟋蟀在耳朵里，青蛙在胃里，对一个热恋乡村却隐居城市的老人而言，还能期待什么更好的事情呢？

二十三

梦先生说，当人们写日记时，最大的困难

就是会忘记这不是为他人写的……或者更准确
地说就是没忘记这只是为自己写的……或者更
准确地说就是会忘记这不是为自己将成为他人
的那个时期写的……或者更准确地说就是没忘
记自己在写日记时是一个他人……或者更准确
地说就是没忘记这只涉及当下的自己，也就是
说这只涉及一个不存在的人，因为人们只要一
开始写日记就会立即成为他人……

　　总之，不能忘记这种体裁越追求真实，就
越虚伪，因为不论人们愿意与否，写作就是选
择谎言。人们最好是容忍此事，以便培育一种
真正的体裁，这就叫文学，它的追求与真理毫
无关系。

　　结论，不要写日记……或者更准确地说就
是在写日记时不要把它当成自己的日记。当人
们开始写日记时，只能以此为代价才能通往与
真实完全相反的内心深处。

二十四

　　梦先生说，我的梦正是我想记的，因为逻
辑很枯燥。他开始努力回想他做过的梦。他一
开始只想起了一些碎片，后来通过练习他可以
重建一些完整的梦了。但这些梦一记下来逻辑

86

就令人沮丧。他也许应该重新做梦，但接下来又怎么记呢？梦先生不知道只有技巧才能战胜与诗歌相对立的逻辑。那么技巧又是什么呢？它是一种必将自我毁灭的逻辑的过度重复。但这样一来也就完全不再需要任何梦了。

二十五

梦先生说，人们如果以为我是自然而然地在笔记本上写出了一些严肃的事情，那就大错特错了。人们也许会因为看到我并非有趣的自然神情而得出错误结论。但自从我开始记笔记以来，即很久以来，我感到保持庄严的神情很困难，一旦思考各种事物，尤其是对自身的思考，仿佛滑稽立即就展现在我面前。然而滑稽可以杀死人，我希望我那些侄子能读到我的笔记，这将是我在人间的继续存在，证明……

我们也许可以从字里行间看出梦先生实际上有两个笔记本，一本记录严肃的事情，另一本记录其他事情……

然后他又说，这种在写作的梦先生和评价自己所写的东西的梦先生之间进行的小游戏，尽管包含了简单的二重性和逼真的镶嵌术，但为我这支笔提供的材料仍是极其贫乏的，而且也是极其陈旧的。尽量摆脱这一切。

二十六

梦先生一边记着不知什么让他高兴的事情，一边自问，放任自己走向快乐是否危险，而这种快乐正是几天前他希望自己那些侄子在他这种写日记的方式中发现的。他想，通俗性正在这个拐角监视我们，它带来的快乐只可能是廉价的。于是，梦先生发现快乐有许多种，这让他感到担忧。什么是高品质的快乐？它是否产生于艰涩性？他觉得这更应该被称为自尊心的满足或快感，这与严格意义上的快乐是不同的。那么高级快乐来自哪里呢？梦先生只能找出艰涩性来与通俗性对抗，因此他想，除了同义叠用的快乐之外，一切快乐都必然是廉价的，都应该从他的笔记中驱逐出去，这使他陷入了一种黑色的忧郁。

但梦先生的推理如此糟糕，以至于正如常说的那样，他必须推倒重来。

二十七

不喜欢一种体裁才能在这种体裁中有出色表现。

二十八

有深渊，有顶峰。但两条路线之间还有不会摔断骨头的牧场。经常来这里，以至于忘记了这里的地名叫放牛山。

二十九

当某人呼唤自己的侄子和侄女时，或者反过来也一样，除了看门女人，谁能指责他呢？

三十

学会织布比忘记自己是织布工所需的年月要少。

三十一

创造格言的人很像没赶上火车的旅行推销员。

三十二

我们的邻居在等待春天，他坚信吃牛排时可以用长寿花当作料。真的，他经常用错词。但希望和老糊涂有区别吗？长寿花还是开了，但我们的邻居却没任何东西可吃。

三十三

如果有人对你说，啊，诗歌！你就会准备应和他。但如果他对你吟诗，那就是另一回事了。

三十四

一道栅栏上落着一些麻雀。没有猫在窥伺。它们在梳理羽毛。一大片云过来了。麻雀不见了。人们由此得出结论，麻雀吞吃了云。但如果是猫过来了，那栅栏还会立着吗？

三十五

当人们在学校读《堂吉诃德》时，人们会觉得他比那个发疯的老师明智多了。但在重读这本杰作时，人们也许会希望自己是那个坐在学校的凳子上结结巴巴的堂吉诃德。

三十六

如果梦先生从来都不在他的地方，那么他希望自己不在的地方又在哪里呢？这将是梦先生唯一不可能逃离的地方。我们祝愿这个可怜的人永远也不要表达任何愿望。

三十七

　　梦先生对自己最微弱的精神活动都有尖锐的意识，如意愿、欲望或遗憾等，这使他感到非常疲倦，他终于失去了生活的兴趣。他说。

梦先生家的聚会

我的脑子不行了。

梦先生

一

一天早上，梦先生对女仆说，我必须和过去的朋友们恢复联系，我现在谁也见不着了，再过几年孤独会把我压垮的，我们来跟老朋友们好好回忆一下，搞一次聚会，就这样办。

女仆直截了当地回答，首先，不管恢复不恢复联系，再过几年，就算你还在，你说的那些朋友也不会在了，所以无论如何你都会孤独的。另外，搞一次聚会，怎么不组织一场大联欢呢，你总在抱怨没钱，现在先生却想白扔钱，我要重复说，这是白扔钱。

没什么，梦先生说，我们还要邀请年青的一代。

嬉皮士？女仆问，那些笨蛋？他们会笑话你的，笑话你的一切。

既然我能笑话他们，梦先生反驳说，他们笑话我也是正常的。我会好好想一想，但从你的角度……

我早想好了，女仆总结说，我不会干的。

那我就从外面找人，梦先生说，那个叫玛尔塔的老太太和她外甥女会很高兴帮忙的。

女仆摔门出去了。

如果人们了解梦先生的生活方式，当然就会对这个突然的决定感到惊奇了。但这有什么关系？想不惜任何代价来解释别人的行为，就像要解释自己的行为一样，是毫无结果的。

梦先生为自己这个异想天开的念头感到高兴，他着迷一段时间之后马上就开始制订计划。他要邀请他那三个还活着的朋友，就是埃德蒙、艾蒂安和埃内斯特。至于年轻人，他们现在有多少呢？他们出生后发生了如此多的事……各种变故、移居、不和……失去记忆真讨厌。

二

梦先生在一张纸片上记下了要见侄子们。

然后他发觉，这些侄子，至少是还活着的侄子，今天该有五十来岁了，已经不是年青的一代了，他们自己也有了侄子，那些能活跃气氛的年轻人。

他记下了要见侄孙。

他对这种亲属关系的重视并不是出于偏见。梦先生的老朋友全都是单身汉，而且和他一样他们一辈子谈到的只是侄子。在梦先生的头脑中，这是唯一的亲属关系。所以他甚至没想到他那些朋友的侄子和侄孙可能结婚了。因此他自问，没有女士怎么办呢？我们一定要有女士。到哪儿找呢？

梦先生记下了要找女士。

然后他想到了聚会本身。首先要发请柬。他为这封给埃德蒙、艾蒂安和埃内斯特的邀请信打了一份草稿。

亲爱的朋友：

自从我们离别以来，时光如桥下流水。但我的心仍在岸上，仍在回忆。为了我们的老交情来我家吃一顿简单的晚饭，你看好不好？为了不忽略下一代，你可以带你的侄子或侄孙来，你以为如何？我是认真的，我想把日子定在十二月一日至二十日之间。我们几人将分享重逢的快乐，为此我已经像过节一样提前高兴了。别太晚回复我。

又一份。

三

然后梦先生想到了晚饭。不要显得吝啬，要做得体面。鹅肝？鱼子酱？他预见到了女仆生气的样子，于是高兴地记下了鹅肝和鱼子酱。熏鲑鱼？牡蛎？熏鲑鱼和牡蛎。至于酒嘛，先喝白葡萄酒。地窖里有什么好酒呢？

梦先生悄悄下到地窖里，到酒架上找酒，酒架全是空的。他糊涂了，以前这儿全是满的……是女仆？……我该怎样问她呢？

他上来走进厨房。他还没来得及想好他的句子，女仆就对他说，全是我喝掉的，对不对？您就说全是我喝掉的吧！地窖在二十年前就空了。先生是在捉弄我吧？

——您听见我下去了？

女仆耸了耸肩。

——您肯定我会认为全是你喝掉的？

女仆耸了耸肩。

——您想想，我是为了订购新酒去看看这些二十年前就空了的酒架干净不干净。

女仆耸了耸肩。

四

梦先生回到书房记下了白葡萄酒。但他对女仆的态度感到气愤，各种想法在他头脑中混淆在一起，他的思路断了。

幸亏到了午饭的时间。他走到饭厅，女仆一边把煎鸡蛋放在桌上，一边说，对不起，先生，食品店里没有鱼子酱。

好阴险哪，梦先生想。我再也没有安宁了，这个女人能看透我，长此以往让人无法忍受。辞退她吧。

女仆补充说，先生要是想辞退我，那还欠我三个月的工钱呢。

她摔门出去了。

主人吃完饭，女仆过来撤走了餐具，把奶酪放在桌上。她偷看了这个老人一眼，发现他神情沮丧。她略微感到了报仇的快乐，这使她的精神振作起来了。她忘记了怨恨，对他说，那么这个聚会，你准备怎么办？

梦先生回答，很复杂。比如说那些侄子的问题。

——侄子？

——对。还有侄孙。我忘记他们有多少人

了。怎样才能知道呢？

——谁的侄子？您邀请谁？

——埃德蒙先生、艾蒂安先生和埃内斯特先生。

——我会打听的。我去问穆瓦娜小姐。

在情理上，女仆不能太快就显出过多的善意，她摔门出去了。

梦先生一边吃着奶酪，一边想着将来的忙乱，他突然感到害怕。我怎么啦？为什么要请客？但已经太晚了，不能在女仆面前反悔。

然后他回到书房睡着了。

然后他醒来继续想请客的事。

我想到哪儿了？白葡萄酒。接下来是主菜。吃野味吧。野鸡？山鹑？野猪？狍子？先吃野鸡再吃野猪。还要精制的调料。越橘酱、醋栗酱、蓝莓酱、蔷薇酱。栗子泥、蚕豆泥、芒果泥……我要这些菜按传统方式摆放，饰有羽毛、鸟嘴、猪头、鲜花。我要找一个厨师，女仆忙不过来。还要叫玛尔塔和她外甥女。还要两个服务生上菜。好了。红葡萄酒。看看地窖里有什么。

梦先生悄悄下到地窖去酒架上找酒……

他又处在了前面的情景中，不敢上来了。女仆来找他，训了他一顿。您就是要这样刺激自己，我早就说过了，我早就说过了。把胳膊伸给我。

梦先生把胳膊伸给她，她把他带回房间，帮他躺到了床上。

五

第二天，他非常尴尬地对女仆说，昨天我太过分了，真的，我的脑子不行了。但我认为我的主意很好，我请您帮忙。

女仆回答说，我见了穆瓦娜小姐。埃德蒙先生有一个侄子，艾蒂安先生有三个，埃内斯特先生有两个。

——这些人也有侄子吗？

——他们有孩子。

——有孩子？那么说他们结婚了？

——他们请过您！

——有多少孩子？

——埃德蒙先生的侄子有两个孩子，艾蒂安先生的三个侄子一共有六个孩子，埃内斯特先生的两个侄子每人有两个孩子。

——这么多人！但我们还需要女士。到哪儿找呢？

——您不会只邀请这些先生而不邀请他们的妻子吧？这太不像话了吧？

——对。那有多少女士呢？

——和侄子一样多。

——也就是说？

——六个。

——那……其他人呢？

——什么其他人？

——那些侄孙也需要女士吧。

——其中有六个人结婚了。

——真是疯狂。

——他们有七个孩子。

——天哪！这样就有多少人了？

——埃德蒙先生、艾蒂安先生和埃内斯特先生，三个了，加上你和你的侄子就是五个了，还有他们的六个侄子，十一个了，加上十二个侄孙就是二十三个了，加上七个重侄孙就是三十个了。还要再加上女士，六加六等于十二，三十加十二，一共四十二个人。您不会请四十二个人吧？

——那应该停在哪一代上呢？

——停在侄子辈上，就是你原来想的。

——加上侄孙有多少人？

——三十五。

——女士有多少？

——十二。

——十二加三十五……

——我跟你说的是一共三十五。

——女士够了吗？

——停在侄子辈上，就有六个侄子和他们的六个媳妇，再加上你们四个和您的侄子就是十七个人，这正合适。

——不行，侄子都老了，我们需要年轻人。您刚才说有多少侄孙？

女仆摔门出去了。

梦先生一直重新计算到晚上，他完全糊涂了。

六

因为静夜出思想，所以他第二天早上醒来时说我有办法了。他重新拿起那封信的草稿，修改了有关下一代的句子。

……为了不忽略下一代，你可以带你家的年轻人来，如果他们愿意，你说好吗？

他在最后还加了一句话：

……请告诉我确切的人数。

然后他把信抄了三份，到邮局发出去了。

七

在接下来的几天里，梦先生继续想着他请客的事，但没有和女仆谈论了，怕她烦，现在还早得很。他在等回信，觉得这些朋友没教养，因为他们没立即回信。他自己回信及时吗？古老的习俗正在消失。

他觉得这几天没完没了，他比任何时候都更神经质，对自己这种疯狂的念头后悔不已。

女仆则在庸俗地想，这对他是个教训。

八

过了一个星期，有一封信了。梦先生扑过去打开了它。这是艾蒂安的信。

亲爱的朋友：

很高兴收到你的信。是的，我们分开了这么长时间！但我觉得你仍然精力充沛。遗憾的是我的情况并非如此。我动了前列腺手术，正在卧床。我不可能在你说的日期内痊愈。你不能推迟吗？我跟我的侄子们说了你的邀请，他们基本答应了，但孩子们，他们还不能确定，他们之后会告诉我的。当然，这取决于新的日期，如果有的话。我给你添麻烦了，但我要是能参加聚会会十分高兴！我等你的消息。

谁能想到前列腺呢，梦先生说，这些老家伙全都一样。是的，他们真烦人。怎么办呢？

第二天，埃德蒙的信来了。

亲爱的朋友：

太意外了！过了这么长时间！我当然非常高兴地接受邀请，我的侄子也一样，我的侄孙们也一样，他们将带着孩子来。因此我们一共是九个人，但愿这不会过分打扰你。我们迫不及待在你家相聚。多幸福啊！至于日期，你好心提前一点吧，在十二月初我要去南方照顾一下我这把老骨头。会不会太麻烦？我十分高兴能参加聚会！我等你的消息。

有两封信了，梦先生说。好兆头。让老骨头见鬼去吧。

又过了一天，第三封信来了。

亲爱的先生：

我叔叔十分高兴接受您的盛情邀请并表示感谢。我必须告诉您，他从六个月前就偏瘫了，我们对此很担心，但您的信使他振作起来了，因此我们真心感谢您。他不能走路，但可以说一点话，虽然还没到可以谈论过去的程度，但关系不大，他可以听，他把这次聚会看成是无与伦比的幸福。我们将和他一起来，有我和我妻子，我的两个儿子和他们的妻子。不过我们很长时间没见过我们的堂兄埃瓦里斯特了，所以我们无法替他回答是否来。我叔叔没有他的地址。

有三封信了，梦先生说，我陷入困境了。

九

他告诉了女仆，女仆对他说，先生以为会是怎样的？以为会轻轻松松吗？

现在讲这些真是时候，梦先生说，我们只要有抢救措施就行了。怎么会想到这个聚会呢？这叫什么主意！

出于谨慎，女仆没对他说我早就说过了，她说的是好了，勇敢点，给埃德蒙先生回信，说你很遗憾不能把日期提前，再告诉艾蒂安和埃内斯特两位先生你把日期定在了一月。

——这对您太合适了！但如果一月对他们不合适怎么办？

——我们再延期。

——等到埃内斯特死掉，是不是？那也就没有他的侄子了。艾蒂安先生……不对，埃德蒙先生……啊，家庭、老年、生命……

女仆感到羞耻，她没有再说什么，她没有摔门就出去了。

十

聚会还是在春天举办了。他们一下子全来了，共有五十三人。因为，首先，埃德蒙先生从南方回来了，他全家都十分高兴，等等；其次，艾蒂安先生在前列腺手术后康复了，等等；第三，埃内斯特先生还一直活着，等等；第四，埃瓦里斯特的地址找到了；第五，穆瓦娜小姐忘记了艾蒂安先生的一个侄子，这个侄子有五个孩子，其中两个结婚了，这样艾蒂安先生就有了八个侄子和侄媳而不是六个，十七个侄孙和侄孙媳而不是十个，六个重侄孙和重侄女而不是四个……

十一

然而，梦先生在写下前面这些话时，心里想，这不可能，我永远也无法想到这次聚会，把人数减到二十吧，这足够了。因为，我需要堆积细节，但我却想不起来，我只好杜撰，这样就假了，我再没有过去那种精力了。

但这一决定毫无用处，于是梦先生放弃了写作。

他记下我放弃了写作。

十二

可能有的聚会续篇。

埃内斯特是第一个来的，他坐在一辆小车上，一个侄子推着他。梦先生从窗口看见他们进了大门，就去迎接。他向埃内斯特问好，但埃内斯特好像没有认出他。

他气色不坏嘛，梦先生对这个推车的侄子说。但侄子把手指放在嘴上发出嘘声，意思是他叔叔什么都能听见，所以不要说悄悄话。

于是梦先生对埃内斯特说，你气色不坏。但埃内斯特目光迷茫。

小推车后面紧跟着走来了埃内斯特的家人，他们发出喧哗声，人很多，不知有多少人。大家都进了屋，对饭桌、鲜花、美酒赞叹不已。

然后来的是艾蒂安一家。梦先生去迎接他们，因为没有见到自己的老朋友，就惊讶地问，小推车在哪儿？

什么小推车？有人问他。

啊，对不起，梦先生说，我糊涂了，我是想说……您那个最小的孩子。

他在这儿，孩子的父亲说，他已经像大人一样走路了。然后父亲让这个孩子向爱德华先生问好。但孩子不愿意。

然后来的是埃德蒙一家。梦先生去迎接他们，心里告诫自己别说傻话。他没有对埃德蒙说你气色不坏，谁能料到会出什么事呢，第三批人也进到屋子里了。

十三

异文。

然后来的是埃德蒙一家。梦先生去迎接他们，他拥抱了自己的老朋友，这个人略微抗拒了一下，对他说，您大概把我当成我叔叔了，那个过来的人是他。

梦先生笑着走向老朋友，对他说，你气色好极了，想想看……他还没说完，这个人就对他说，您大概把我当成……

十四

聚会中突出的事件。

1. 喝开胃酒的时候，梦先生，你收集的植物怎样了？如果我记得不错，你有一套漂亮的植物标本。

艾蒂安回答，不对，那是我的侄女，她有一套蝴蝶标本。

我想起来了，梦先生说，现在怎样了？

她有三个孩子了，艾蒂安说，其他人……其他人……

不是，梦先生说，我问的是标本怎样了。

怎样了？艾蒂安说，我真的不知道。你对这感兴趣吗？

是你的哪一个侄女？梦先生问。

可能是最大的那个，艾蒂安说。然后他又问，你对这感兴趣吗？

在哪儿？梦先生问。

我跟你说了我不知道，艾蒂安说。

不是，梦先生说，我问的是你那个最大的侄女，她在哪儿？

她在哪儿？艾蒂安问，你是什么意思？

我想让你介绍一下，梦先生说。

艾蒂安用目光找到侄女，示意让她过来。梦先生问她，你的蝴蝶标本怎样了？你一直保存着吗？

我的蝴蝶标本？侄女问，我从来没收集过蝴蝶标本。

你收集过，她叔叔说，你再想想。

我不记得了，侄女说。

啊，那也许是最小的一个，艾蒂安说。

她在哪儿？梦先生问。

艾蒂安用目光找到侄女……

2. 埃德蒙先生的一个侄孙走近梦先生，对他说，我刚才听见您谈到蝴蝶。您对这感兴趣吗？

梦先生回答，是的……也可以说不是，我的侄子喜欢收集东西。然后他补充问，您对蝴蝶感兴趣吗？

不，侄孙说……也就是说是的，我的小儿子对这感兴趣……

3. 埃内斯特的一个侄女走近埃德蒙的这个侄孙，对他说，我刚才听见梦先生和您谈到蝴蝶。他对这感兴趣吗？

是，也可以说不是，埃德蒙的侄孙说……

4. 艾蒂安和埃德蒙的重侄孙们在做蠢事。年轻的母亲们心里想着开胃酒是否还要喝很长时间。

5. 吃午饭时，人们对每道菜都赞叹不已。人们谈到了在别的地方吃过的别的菜。人们转向了政治话题。那些重侄孙还在继续做蠢事。年轻的母亲们心里想着这顿饭是否还要吃很长时间。

6. 吃甜点时，人们对甜点赞叹不已。

7. 喝咖啡时，人们让那些重侄孙去花园玩了。

十五

梦先生在写下前面这些话时，心里想，我在这次聚会中体验到了如此多的快乐，但留下来的只有这些碎片，这是怎么搞的？

他的侄子心里想，这个可怜的老人，真遗憾，他现在没有他过去曾经有过的热情了，他总是讲着相同的事情，他在渐渐地走向沉默，他身上完全没有以前那些东西了，那即使不是他的魅力，也是他的小兴致。今天，我喜欢任何两足动物都超过喜欢他，和动物在一起，我可以谈任何事情而不用担心会伤害它们。因为和我叔叔谈别的事情而不是谈他，这会让他痛苦，而和他谈他，这又让我痛苦。

十六

之后的一天，梦先生让侄子帮他回忆一下那次聚会的细节，他想把这些细节写到笔记本上，但他不记得了。侄子说，我记得有一个关于蝴蝶的故事，所有人都觉得有趣，你想想看，到底是怎么一回事？

梦先生说，你总不会只有这段记忆吧？

侄子说，天哪……我记得午饭有精美的菜肴，人们赞叹不已，人们甚至在谈话中提到了以前吃过的一些很糟糕的菜，孩子们在做蠢事，还有……你看，我不想对你隐瞒，埃德蒙先生，不，艾蒂安先生的一个侄女还问我那顿饭什么时候才结束……还有……好了……对，喝咖啡时，人们让孩子们去花园玩了。你看，一切都在我脑子里呢。

旅行家饭店

诡辩？

梦先生

一

从前，在旅行家饭店，每天都能见到一位先生在十一点半左右到吧台上喝开胃酒，然后到大餐厅的一张小桌子上独自吃午饭。有些人说他过去是某个大人物的仆人，另一些人说他是那个人的儿子，还有人说他是那人的侄子。这些说法都没有完全错，因为这位先生以前确实和一个名人关系非常密切。

梦先生自问，别人是怎么知道的呢，但故事到此为止了。

于是他表达了一种明智的看法：这位先生的过去被完全包容在故事的未来中了。所有人的情况是不是都一样呢？

他用自己的履历检验，发现是一样的。

他由此推断，一个人之所以有过去，仅仅是因为他说或者打算说自己有过去。

假设有一个人，他从没提及自己的过去，也没别人提他的过去，那这个人就从来都没存在过了。

　　诡辩？梦先生问。

二

　　可能有的续文。

　　这位先生吃完了简单的午饭，包括一个用蛋黄酱调味的鸡蛋、三个饺子和半个苹果，这时来了许多吃饭的人，坐满了十五张桌子，每张桌子六人，这样共有九十人。因为这样的人群很少见，所以这位先生在拿上他的大衣出门时就向女收银员打听这些人是干什么的。她回答说他们是 A.L.N.A. 的成员。

　　——这是什么组织？

　　——消灭房间害虫协会。

　　——什么意思？

　　——就是老鼠、臭虫、蟑螂、跳蚤、蛀虫，等等。

　　女收银员为了说明自己的话，递给这位先生一张传单，他在上面看到，只要交一笔微不足道的会费就可以加入这个协会。他马上就想成为协会的积极分子，于是走近一张桌子，要求和协会主席联系。这种直截了当的方法完全不像他平时的作为，但生活中有时会出现一些

118

境遇，让你了解自己，现在这位先生就是这种情况。他询问的那个人给他指出了隔着几张桌子的主席。这位先生走过去，向他做了自我介绍。他们一下子就相互产生了好感，主席请这位先生坐到桌子旁一起吃饭。这位先生出于某种微妙的考虑，接受了邀请，没说自己刚吃过。他们要了第七副餐具，大家稍微挤了挤，这位先生就开始吃了。

然而，谈话与公寓的害虫毫无关系，这在目前这种情景中是很自然的。大家摆脱了例行公事，尽情地吃喝玩乐，这位先生也感到现在提出有关协会活动的问题是不合时宜的。不过，他觉得奇怪的是主席自己连一个字都没提到这个协会，但这位敏感而仁慈的先生就像原谅别人一样原谅了他。这样，在吃饭后甜点时，大家就谈起了各种性关系以及这些性关系在当地的表现，也就是这个小城中流传的与此相关的流言蜚语。渐渐地又谈到了单身问题。这时有人提到了梦先生的名字，所有人都认识他，至少在这张桌子上是如此。他是 A.L.N.A. 的会员吗？这位先生问。别人告诉他不是。大家之所以认识他，是因为他老爱提着他的空篮子去菜场。您怎么会不认识他呢？主席问这位先生。因为我不常去菜场，这位先生红着脸回答。坐在他旁边的女士指出这没什么丢人的。但这位先生脸红得更厉害了，因为一个敏感的人可以想象出很多言外之意。这位女士为了让他自在一些，就更笨拙地说，我可以让您认识他，他和您一样是单身。这位先生一下子不知想到了什么言外之意，觉得很不舒服，他只好离开桌子去了洗手间。这种不舒服我们完全可以不用敏感来解释，例如可以说这是连吃两顿饭而引起的消化不良。

总之，当这位先生回到桌子旁时，他们正在喝饭后酒。因为他还有健忘症，所以他以为这是先喝酒再吃饭呢，他问主席这种习俗是否在此地很流行。他除了到饭店吃午饭，很少出门。主席是一个完全不敏感的人，所以他把这位先生当成了一个爱开玩笑的老顽童，而这样做的结果却出人意料地使这位先生非常高兴，他喜欢被人当成是一个风趣的人。于是他大胆地用一种开玩笑的口气问主席，这个协会用什么方法来达到自己提出的目标。主席笑意不减回答他说，这全是外表，协会的真正目的与传单上的不一样。如果他保留自己的申请，人们会在有效期内通知他应该参加的活动。

三

异文一。

饭店的这位先生以如下的方式认识了梦先生。当他在收款台付账时来了许多人，他们围着一张大圆桌坐了下来。因为这样的人群很少见，所以这位先生就向女收银员打听这些人是干什么的。她回答说他们是 A.L.N.A.的成员，即神经分析阅读知识分子协会。她补充说，拿着吧，这上面写着呢。她递给他一张传单。这位先生浏览了一下，马上就想认识协会主席了。女收银员说，主席是女的。她向他指出了主席的位置。这位先生向她走过去。主席是一位胖女士，她冷淡地让他去找秘书了解情况。于是这位先生转向秘书，秘书示意他坐下，对他低声说自己患了失音症，而且自己也不是秘书，他刚刚毫无准备地顶替了秘书。他还补充说了一些话，例如……他嗓子也哑了……一块儿着凉了……吸入……或者是虚弱……这位先生竖起耳朵，但接下来什么也听不见了，因为其他人也都开始讲话了，他们在解读或破译放在桌子上的一篇文章，有好几份。这个代秘书在自己的名片上潦草地写了几个字递给这位先

121

生，名片上写的是星期日 16 点 30 分在我的住
所见面……

四

异文二。

可以用另一种方式，即所谓聪明的方式，
重写旅行家饭店这位先生的故事。为此首先应
该让读者连一秒钟都没预料到这是一段故事。
要想达到这个目的，必须删除这位先生和饭
店、午饭、工作、城市、环境、时间等的连接
关系。然后必须删除这位先生和他自己的连接
关系，也就是说要把他的话语分解成许多不同
的话语，它们来自模糊状态，那里游荡着仅从
集体无意识里产生的不确定的语言。然后必须
删除作者表面上的一切介入，仿佛这种语言最
终的成型和作者本人完全无关一样。然后，为
了不让人以为这位先生在饭店吃饭这一理想化
假设可能是叙事的起点和推论的中心，必须移
动叙事，添加大量的其他情景，让一个没有明
确身份的人，一个他或一个他们或其他任何一
个不定代词，以间接方式，以尽可能少的次
数，偶尔，像是附带似的，提及这个似乎已经
变得不重要的、可以删除的用餐者的情景。最

后，当一切都被随意地弄乱之后，作者可以在文本中布满条件式、不定式、括号、省略号、中断、换行、纯形式的循环……如果他还没有删除所有句法结构和标点符号，要是想彻底稀释他最初的思想，这样做更容易。以这种方式写出的文本将有可能满足一个聪明的读者提出的要求。有待了解的是，这个读者会不会恰好为了忘记对他而言只有害处的聪明而去读别的东西，比如色情小说或侦探小说。除非他自己也开始写某种聪明的东西了。这样一来，最终除了色情小说和侦探小说之外，就可能再也没有值得读的东西了，直到有一天，人们由于厌烦而什么也不读了，一些认真而无私的教授可能会努力证明……证明什么？但谁会听他们的话呢？

结　论

美好的年代！

梦先生

一

一天，梦先生在早晨散步时遇到了洛尔帕耶小姐，他已经二十年没见过她了。她在这个时间里自己单独走在杜弗城的街上，当她走近时，梦先生有足够的时间可以想起她是谁。他在她面前停下来，向她伸出手。这个小学女教师由于岁数而有了一副庄重的、几乎呆板的面孔。她的鼻子像西班牙波旁家族的人，但变得累赘的下巴不太像。她似乎没有马上认出他，但在做出戏剧性的努力之后，她说，您在这儿？我以为您在二十年前就隐居到农村去了！多么让人高兴的意外呀！

然后他们站在人行道上谈了一小会儿话。

啊，过去的好时光！梦先生说，我那时每个星期三都在《丰托内报》上读您的文章。多美的文笔！

洛尔帕耶的神情变得严肃了，她重复说，文笔，是的，真遗憾，我那时以此为荣，但时

127

代变了。为了培养一种廉价的自发性，浪费了这么多年的时间！

梦先生没听懂，他重复说，廉价的自发性，您指的是什么？

我指的是，她接着说，自发性在今天被认为是资产阶级的，这太正确了。您知道新批评不允许任何旧价值观残留下来吗？我对此很难适应，我承认这一点，但只要养成习惯，你简直无法想象这门新科学带来的好处！我退休，因为我退休了，亲爱的，是的，退休之后我有了闲暇给一个杂志撰稿，我在那里登载，啊，断断续续地，一篇理论小说的片段，我正在写，我的立场是坚决反对新语法学家和其他老古董。

于是她开始了一段陈述，其中杂乱地涉及到能指、所指、参照、隐喻、换喻、词素、音素、意群、算法、镶嵌、元语言、内涵、结构性、语义性、诗性。然后她虚伪地笑着问梦先生他是不是还在写诗。他红着脸说没写了。他甚至因为羞耻而没承认自己还在写日记，因为这大概是一种非常过时的体裁了。

他在回家时想，啊，这些女人，总在不断地让我们惊奇！总是属于进步的先锋派……

他要马上把自己的笔记本扔火里去。

二

异文。

一天，梦先生在早晨散步时遇到了女诗人路易丝·波图。她驼背，瘸腿，微微颤抖着。但她一认出梦先生，就开始像小姑娘一样微笑，他们的对话，中断多年，又和过去一模一样了。于是他知道路易丝·波图马上要印一本新的诗集了。她谈这本诗集就像谈她初领圣体似的，语气哀婉动人。诗集中只有日出、青鸟、鲜花、初恋。随着讲话，她有了颜色，忘记了颤抖，挺直了身子，环视着周围，总之复活了。

梦先生在回家时想，啊，这些女人总在不断地让我们惊奇！

三

梦先生说，我把我对这些笔记的疑虑告诉了我的侄子。他回答我说，你放心吧，不重要，关键问题是要把这些笔记收集在一起，你会在这里找到你本来的面目，不用考虑别人，这是一种安慰，不亚于任何其他安慰。侄子回到房间里，准备一篇演讲稿，谈的是一本小说的来源，这本小说是当地一个叫拉蒂拉伊的拙劣作家以前发表的。他对这项工作的热情让我惊奇，当这本小说发表时，我没看出有什么特别的地方，但我侄子对我肯定地说，它包含了许多处在萌芽状态的今日文学的要素。这个可怜的拉蒂拉伊大概会第一个对自己生产出了这种独一无二的东西感到奇怪。我又看见了那时的他，还有洛尔帕耶和那个邮电局职员森蒂尔，不知怎样，也不知为什么，文学飞蝇叮了一口我们这个正统的小圈子。那个小学女教师的文章和路易丝·波图的诗每周三都在我们的报上出现，这样就产生了某种竞争。莫尔坦先生在天鹅咖啡馆里透露他尝试撰写这个城市的编年史。总之，那时我们尽管极其无知，却觉得尝试着写一点东西并不是不可能的。啊，是的，美好的年代！

1956—1976